# Albert Ladenburg

# Theorie der aromatischen Verbindungen

Antigonos

# Albert Ladenburg

# Theorie der aromatischen Verbindungen

Unveränderter Nachdruck der Originalausgabe von 1876.

1. Auflage 2024  |  ISBN: 978-3-38634-882-9

Antigonos Verlag ist ein Imprint der Outlook Verlagsgesellschaft mbH.

Verlag: Outlook Verlag GmbH, Zeilweg 44, 60439 Frankfurt, Deutschland, info@outlook-verlag.de
Vertretungsberechtigt: E. Roepke, Zeilweg 44, 60439 Frankfurt, Deutschland
Druck: Libri Plureos GmbH, Friedensallee 273, 22763 Hamburg, Deutschland

# THEORIE

## DER

# AROMATISCHEN VERBINDUNGEN.

---

# THEORIE

## DER

# AROMATISCHEN

# VERBINDUNGEN.

---

VON

## Dr. A. LADENBURG,

ordentlichem Professor der Chemie an der Universität zu Kiel.

BRAUNSCHWEIG,

DRUCK UND VERLAG VON FRIEDRICH VIEWEG UND SOHN.

1876.

# EINLEITUNG.

Kekulé hat im Jahre 1866 eine Reihe von Hypothesen über die Constitution der aromatischen Verbindungen ausgesprochen, welche ein unerwartetes Licht auf diese bis dahin ziemlich vernachlässigte Körpergruppe warfen. Diese Hypothesen erlaubten nicht nur eine Erklärung und Schichtung des vorhandenen Materials, sie gestatteten die Prognose einer grossen Zahl von neuen Thatsachen, und auch nach dieser Richtung hin haben sich diese Hypothesen als fruchtbringend erwiesen. Dadurch wird die Bedeutung derselben klar, und es wird begreiflich, dass fast kein namhafter Forscher auf diesem Gebiet existirt, der nicht denselben bis zu einem gewissen Grade wenigstens beipflichtet.

Seit jener Zeit sind zahlreiche Arbeiten über die aromatischen Körper veröffentlicht worden, von denen weitaus der grösste Theil eine Bestätigung für jene Hypothesen brachte, einige wenige dagegen sprechende Untersuchungen konnten entweder als durch falsche Beobachtungen oder durch unrichtige Interpretation entstanden beseitigt werden. Eine Reihe von Arbeiten bezweckte aber auch eine Erweiterung und Vervollständigung jener Hypothesen, von denen namentlich diejenigen über die Bestimmung des chemischen Orts zu erwähnen sind. Hierher gehören auch Versuche und Betrachtungen, welche ich selbst angestellt habe, mit der Absicht, die wichtigsten Sätze von Kekulé's Hypothesen aus beobachteten Thatsachen zu beweisen unter Zuziehung unserer allgemeinen Anschauungen. So ist denn hier eine Theorie entstanden, deren Wurzeln dem Boden atomistischer Vorstellung angehören, deren Aeste weit verzweigt sind, viele Blätter und Früchte trieben.

Im Folgenden habe ich versucht, diese Theorie zu einem Gesammtbild zu vereinigen. Ihrem wesentlichen Inhalt nach enthält daher diese Schrift Bekanntes, sie hat als Hauptzweck, die in vielen Abhandlungen zerstreuten Untersuchungen zusammenzufassen und die Lücken, welche dann noch blieben, auszufüllen. Dadurch, dass ich die Literaturnachweise der benutzten Untersuchungen angebe, hoffe ich der Schrift einen grösseren Werth zu verleihen, gleichzeitig erhält aber dadurch die Kritik eine Handhabe, die sie, wie ich erwarte, mit Schonung gebrauchen wird. Um einen grösseren Leserkreis für diesen Gegenstand zu gewinnen, habe ich Manches hineingezogen, was vielleicht für Viele überflüssig erscheint.

Der Gang der folgenden Untersuchung zerfällt in fünf Hauptabschnitte:

    I. Darlegung von Kekulé's Ansichten.
    II. Constitution des Benzols.
    III. Benzolformeln.
    IV. Grundlagen der Ortsbestimmung.
    V. Bestimmung des chemischen Orts in Bisubstitutionsderivaten des Benzols.

Ehe ich in diese Besprechungen eintrete erscheint es mir geboten, um mich vor Missdeutungen sicherzustellen, meinen Standpunkt in dieser Schrift und dem Inhalt derselben gegenüber festzustellen.

Seit der Erkenntniss der Isomerie waren die Chemiker eifrig bemüht, eine Erklärung dafür zu geben oder doch eine Vorstellung von der Ursache derselben zu gewinnen. Die sogenannte Radicaltheorie konnte diesem Bedürfniss einigermassen genügen, in vielen Fällen aber blieb sie die Antwort schuldig. So lange das Radical selbst seiner Constitution nach nicht mit in den Kreis der Betrachtungen gezogen wurde, war die Aufgabe nicht vollständig zu lösen. Ein wesentlicher Schritt vorwärts geschah durch Dumas' Entdeckung der Substitutionserscheinungen und die sich daran knüpfenden Interpretationen von Laurent. Die Idee, dass das Reactionsproduct demselben Typus wie der ursprüngliche Körper angehöre, beherrscht heute noch alle unsere Speculationen über Structur und Constitution. Bei allen chemischen Zersetzungen, die nicht Additionen oder Abspaltungen sind, wird die Annahme gemacht, dass die eingetretenen Atome die Beziehungen der ausgetretenen Atome übernehmen oder auch, dass die durch den Austritt gewisser Atome oder Atomgruppen freigewordenen Valenzen des Moleküls von den Valenzen der in das Molekül eintretenden Atome gebunden werden, während die durch die Zersetzung unberührten Atome in ihren gegenseitigen Beziehungen unverändert bleiben. Wir sprechen also von Substitution bei fast jeder Reaction und selbst die sogenannten molekularen Umlagerungen werden versucht dieser Anschauungsweise anzupassen. Der Grund für diese *a priori* unwahrscheinliche Auffassung liegt in der empirischen Einsicht. Der Nachweis, dass der aus Essigsäure und Methylalkohol entstehende Aether stets wieder in diese Componenten zerfällt, während der isomere Ameisenäther stets Alkohol und Ameisensäure liefert, die Thatsache, dass der aus Propylaldehyd gewonnene Alkohol durch Oxydation wieder diesen Aldehyd erzeugt, während der aus Aceton durch Reduction gewonnene isomere Alkohol wieder durch Sauerstoffaufnahme Aceton bildet; die Erkenntniss, dass die drei Reihen von isomeren Derivaten der Benzoësäure aus einer grossen Zahl entsprechender parallel laufender Glieder bestehen, die in einfachster Weise auseinander gewonnen werden, während nur ganz ausnahmsweise ein Uebergang von der einen Reihe in die andere beobachtet worden ist, haben den Chemikern die bestimmte Ueberzeugung aufdrängen müssen, dass eine chemische Verbindung den Stempel ihrer Entstehung an sich trägt, und dass ihre Zersetzungsproducte aus ihren Bildungsweisen erschlossen werden können. Diese von keinem Forscher bestrittene Ansicht hat durch die Hypothese über das Sättigungsvermögen der Atome eine ganz bestimmte Gestalt gewonnen, die, obgleich sie nicht unbestritten ist, doch zur Grundlage der folgenden Betrachtungen gewählt wurde.

Auch in der Frage über Valenz habe ich eine ganz bestimmte Stellung genommen, und zwar gehe ich von der meist bestrittenen Ansicht einer constanten Valenz aus. Ich gebe zu, dass dieselbe nicht mit allen Thatsachen im Einklang ist, ich begreife aber nicht, wie man eine wechselnde Valenz, bei der es unbestimmt bleibt, nach welchem Gesetz sie wechselt, deren Grösse also einstweilen der Willkür preisgegeben bleibt, zur Grundlage eines theoretischen Systemes machen will, das sich die Aufgabe stellt, die Constitution der Körper, d. h. die Bindungsweise der Atome innerhalb des Moleküls, zu bestimmen.

Wenn ich so die Basis, auf der diese Schrift ruht, klargelegt habe, so will ich hier auch ausdrücklich betonen, dass ich dieser nicht kritiklos huldige, dass ich sogar schon früher Gelegenheit nahm, über die Mängel derselben mich auszusprechen, dass ich aber trotzdem einigen Werth auf die in der Schrift ausgeführten Betrachtungen lege. Ich bin eben der Ansicht, dass in einer Wissenschaft logische Deductionen aus einer wenn auch schwachen Hypothese hervorgegangen, wenn sie, wie das hier der Fall ist, direct durch die Thatsachen bestätigt werden können, ihre Bedeutung haben und selbst beibehalten, wenn ihre Grundlage erschüttert oder gar bei Seite geschoben ist. Häufig findet sich dann eine neue Form für dieselben, unter denen sie auch bei anderem Ausgangspunkt brauchbar werden. Solches ist in der Physik vorgekommen und vollzieht sich noch vor unseren Augen. Das Gesetz der Reflexion ist von Newton mit Hülfe der Emissionshypothese entwickelt worden. Der Carnot'sche Satz, allerdings nicht nur in der Form, sondern auch im Inhalt verändert, ist in die mechanische Wärmetheorie übergegangen. Auch dürfen wir nicht annehmen, dass alle die theoretischen Untersuchungen über Elektricität mit der Ansicht, die man vom Wesen derselben heute hat, stehen und fallen. Ich wenigstens glaube das nicht, und so wage ich denn auch zu hoffen, dass die Gegner der Ansicht von der constanten Valenz der Atome deshalb es nicht verschmähen, den folgenden Betrachtungen ihre Aufmerksamkeit zuzuwenden.

———

# I. Kekulé's Ansichten über aromatische Verbindungen[1]).

Nach Kekulé muss in allen aromatischen Verbindungen ein Kern aus sechs Kohlenstoffatomen bestehend angenommen werden, und deshalb sei es zunächst nothwendig die atomistische Constitution dieses Kerns zu studiren. In demselben setzt er die Kohlenstoffatome abwechselnd in doppelter und einfacher Bindung voraus. So erhält er eine Kohlenstoffkette mit acht nicht gesättigten Verwandtschaftseinheiten. Durch die weitere Hypothese, dass die Atome, welche das Ende der so entstandenen Kohlenstoffkette bilden, sich durch je eine Verwandtschaftseinheit binden, hat man eine geschlossene Kette, einen symmetrischen Ring mit sechs freien Verwandtschaftseinheiten, von dem sich alle Verbindungen ableiten, die man gewöhnlich als „aromatische Verbindungen" bezeichnet.

Sind diese sechs Verwandtschaftseinheiten durch Wasserstoff gesättigt, so entsteht das Benzol. Es können aber auch andere einatomige Elemente oder einwerthige Gruppen, diesen Wasserstoff theilweise oder vollständigsubstituirend, eintreten.

Kekulé zeigt nun wie in dieser Weise aus dem Benzol sehr viele aromatische Verbindungen entstehend gedacht werden können. In den Phenolen ist Wasserstoff durch $OH$, in den Nitroproducten durch $NO_2$, in dem Anilin und dessen Analoga durch $NH_2$ vertreten. Toluol, Xylol und Cumol sind wahre Homologe des Benzols, sie enthalten ein oder mehrere Wasserstoffatome durch Methyl, $CH_3$, vertreten, worüber „die schönen Untersuchungen von Fittig keinen Zweifel mehr lassen". Dabei kommt nun die schon beobachtete Isomerie zwischen Aethylbenzol und Xylol zur Sprache. Ersteres ist Benzol, worin ein

---

[1]) Vergl. Kekulé, Lehrbuch der org. Chemie II, 493 und Ann. d. Chem. 137, 129.

Wasserstoff durch Aethyl vertreten ist, $C_6H_5(C_2H_5)$, während Xylol, wie oben erwähnt, dimethylirirtes Benzol, also $C_6H_4(CH_3)_2$, ist. Daraus geht hervor, dass bei aromatischen Verbindungen die Homologie in zweierlei Weise geschehen könne, entweder durch Vermehrung der Seitenketten oder durch Verlängerung derselben.

Ganz ähnlich wie die Isomerie zwischen Aethylbenzol und Xylol lässt sich die zwischen Benzylchlorid und Chlortoluol auffassen: auch hier kann entweder Wasserstoff der Seitenkette (Methyl) oder des Kerns (Benzol) vertreten sein, und man hat so

$$C_6H_5\,CH_2\,Cl \qquad\qquad C_6H_4\,Cl\,CH_3$$

Benzylchlorid         Chlortoluol

Bei dieser Auffassung erklärt sich, dass die erste Verbindung sich wie das Chlorid eines Alkohols verhält, während der letztere Körper die Beständigkeit von Chlorbenzol zeigt. Aehnliche Isomerien bestehen zwischen Benzylamin und Toluidin und zwischen Benzylalkohol und Cressol:

$$C_6H_5\,CH_2\,NH_2 \qquad\qquad C_6H_4\,(CH_3)\,(NH_2)$$

Benzylamin         Toluidin

$$C_6H_5\,CH_2\,(OH) \qquad\qquad C_6H_4\,(CH_3)\,(OH)$$

Benzylalkohol         Cressol

Die Säuren der aromatischen Reihe enthalten die Gruppe $CO_2H$, welche 1 Atom H substituirend eintreten kann, und zwar entweder in den Kern oder in die Seitenkette. Es erklären sich auch hier eine Reihe von Metamerieerscheinungen ähnlich wie oben. Man hat

$$C_6H_5\,CO_2H$$

Benzoësäure

$$C_6H_4\,CH_3\,CO_2H \qquad\qquad C_6H_5\,CH_2\,CO_2H$$

Toluylsäure         α Toluylsäure<br>Methylphenylameisensäure         Phenylessigsäure

Die zweibasische Phtalsäure ist eine Dicarbonsäure des Benzols, $C_6H_4(CO_2H)_2$. Die Theorie deutet auch Tricarbonsäuren etc. an, $C_6H_3(CO_2H)_3$, die damals noch unbekannt waren.

Bei dieser Gelegenheit erläutert Kekulé das Oxydationsgesetz bei aromatischen Verbindungen, wo bei hinlänglich energischer Reaction die an den Kern angelagerten Alkoholradicale stets zu $CO_2H$ umgewandelt werden. Es enthalten also die Oxydationsproducte eben so viele Seitenketten, wie die Körper, aus denen sie entstehen. Oder auch die Basicität der in letzter Linie entstandenen Säure giebt die Anzahl der angelagerten Alkoholradicale.

Methylbenzol:

$$C_6H_5CH_3, \qquad\qquad \text{giebt } C_6H_5CO_2H, \quad \text{Benzoësäure,}$$

Aethylbenzol:

$$C_6H_5C_2H_5, \qquad\qquad \text{\emph{n}} \qquad\qquad \text{\emph{n}} \qquad\qquad \text{\emph{n}}$$

Dimethylbenzol:

$$C_6H_4(CH_3)_2, \qquad \text{\emph{n}} \quad C_6H_4(CO_2H)_2, \text{ Terephtalsäure}$$

Propylmethylbenzol:

$$C_6H_4(CH_3)(C_3H_7), \text{ \emph{n}} \qquad\qquad \text{\emph{n}} \qquad\qquad \text{\emph{n}}$$

Bei gemässigten Oxydationen derjenigen Abkömmlinge des Benzols, welche zwei oder mehr Alkoholradicale enthalten, gelingt es die Oxydation bei der Bildung von Zwischengliedern einzuhalten: es wird zunächst nur ein Alkoholradical oxydirt, während das andere unverändert bleibt. So liefert

Dimethylbenzol $\quad C_6H_4(CH_3)_2, C_6H_4(CO_2H), CH_3$ Toluylsäure,

Propylmethylbenzol $C_6H_4(CH_3)C_3H_7, \qquad\qquad \text{\emph{n}} \qquad\qquad \text{\emph{n}}$

Dann geht Kekulé zu den Oxysäuren über. Diese enthalten neben Carboxyl noch Wasserstoffatome des Benzolkerns durch OH-Gruppen vertreten, sind also gleichzeitig Phenole und Säuren. Man hat

$$\text{Benzoësäure} \qquad C_6H_5CO_2H$$
$$\text{Oxybenzoësäure} \qquad C_6H_4.OH.CO_2H$$
$$\text{Protocatechusäure} \quad C_6H_3(OH)_2CO_2H$$
$$\text{Gallussäure} \qquad C_6H_2(OH)_3CO_2H$$

Hier kommen nun die Isomerien zwischen den drei Oxybenzoësäuren zur Sprache, als Ursache wird die Verschiedenheit der Stellung, welche die Gruppe OH in Bezug auf die Gruppe $CO_2H$ einnimmt, angegeben. Ausführlicher wird diese Art der Isomerie in dem zweiten Capitel, welches von den Substitutionsproducten des Benzols handelt, besprochen.

Hier nun wirft Kekulé zunächst die Frage auf, ob die sechs Wasserstoffatome des Benzols gleichwerthig seien, oder ob sie, veranlasst durch ihre Stellung, ungleiche Rollen spielen? Anfangs (Ann. d. Chem. u. Pharm. 137, 158) lässt er die Frage unentschieden, er stellt zwei Hypothesen auf, von denen die erste die Wasserstoffatome in den Ecken eines Sechsecks annimmt, so dass sie nicht nur mit den Kohlenstoffatomen in symmetrischer Weise verbunden sind, sondern auch im Molekül analoge Plätze einnehmen. Nach der zweiten Hypothese, die mir nicht ganz klar ist, bilden die sechs Wasserstoffatome drei Atomgruppen, von welchen jede aus zwei durch je zwei Verwandtschaftseinheiten vereinigten Kohlenstoffatomen besteht. Danach erscheine die Gruppe als Dreieck und die Kohlenstoffatome seien so gestellt, dass sich drei Wasserstoffatome im Inneren und drei an der äusseren Seite des Dreiecks befinden, wodurch die Wasserstoffatome abwechselnd ungleichwerthig würden. Zu Gunsten dieser Ansicht könne man anführen, dass sich das Benzol nur mit drei Molekülen Chlor oder Brom, aber nicht mit einer grösseren Anzahl verbinde. Später allerdings (Lehrbuch S. 513) weist Kekulé diese zweite complicirtere Hypothese als durch die Thatsachen nicht bedingt zurück.

Bei der Annahme der Gleichwerthigkeit der sechs Wasserstoffatome sieht dann Kekulé je nach der gegenseitigen Stellung der substituirenden Atome oder Atomgruppen folgende Isomerien voraus:

Bei Monosubstitutionsproducten eine Modification.

„ Bisubstitutionsproducten drei Modificationen.

„ Trisubstitutionsproducten drei Modificationen, wenn die substituirenden Atome gleich, und sechs, wenn zwei davon gleich und das dritte verschieden ist.

„ Tetrasubstitutionsderivaten drei Modificationen, wenn die substituirenden Atome gleich sind.

„ Pentasubstitutionsproducten eine Modification unter derselben Voraussetzung.

„ Hexasubstitutionsproducten eine Modification, wenn sechs gleiche Atome eingetreten sind.

# II. Constitution des Benzols.

## a. Molekulargrösse.

Ich definire „aromatische Verbindungen" als diejenigen
Körper, welche sich vom Benzol durch Vertretung von Wasserstoffatomen ableiten lassen. Eine solche Ableitung muss sich
auf Thatsachen stützen, d. h. es muss möglich sein aus den aromatischen Verbindungen durch einfache Zersetzungen Benzol
darzustellen, oder aber es muss durch Synthese aus dem Benzol
die Herstellung solcher Substanzen möglich sein. So dürfen wir
die aromatischen Kohlenwasserstoffe des Steinkohlentheeröls,
Toluol, Xylol und Cumol, als methylirte Derivate des Benzols
betrachten, seit es Tollens und Fittig[1]) gelungen ist, dieselben
aus Benzol- und Methylverbindungen zu gewinnen. Die von Mitscherlich[2]) entdeckte Zerlegung der Benzoësäure in Benzol
und Kohlensäure durch Destillation mit Kalk und die sich
daran schliessenden Untersuchungen über ähnliche Zersetzungen bei den Phtalsäuren[3]) etc. zeigen, dass die aromatischen
Säuren Carboxylderivate des Benzols sind.

Durch die oben gegebene Definition gewinnt die Constitution des Benzols ein hohes Interesse, und ich werde deshalb hier
versuchen, dieselbe so viel als möglich aus den Thatsachen abzuleiten. Für diejenigen, welche noch im Zweifel sein sollten,
was ich unter Constitution verstehe, bemerke ich, dass damit
die Art der gegenseitigen Bindung der Atome gemeint ist.

Die Molekularformel des Benzols ist unzweifelhaft $C_6H_6$.
Dieselbe stützt sich schon auf die Bestimmung der Dampfdichte,
welche freilich diese Formel nur als die kleinste Molekularformel feststellt, wenn man nicht in den Resultaten von Kundt
und Warburg[4]) über die specifische Wärme des Quecksilbers

---

[1]) Ann. d. Chem. u. Pharm. 131, 303. — [2]) Ann. d. Chem. u. Pharm. 9,
39. — [3]) Marignac, ibid. 42, 215. Caillot, ibid. 64, 376. — [4]) Berichte
d. deut. chem. Ges. 8, 945.

eine thatsächliche Bestätigung der allgemein angenommenen
Ansicht findet, dass das Molekulargewicht des Wasserstoffs
wirklich 2 sei. Unwiderleglich festgestellt wird aber diese Formel durch die chemischen Zersetzungen des Benzols. Es giebt
freilich Chemiker und zwar solche, deren Ansichten in der theoretischen Chemie nicht mit Unrecht grossen Anklang finden,
welche behaupten[1]), durch chemische Reactionen könne kein
Molekulargewicht festgestellt werden. Ich bestreite dies ener-
gisch und glaube gerade hier zeigen zu können, wie irrig jene
entgegenstehenden Behauptungen sind.

Dass dem Benzol keine kleinere Formel denn $C_6H_6$ zukommen kann, wird durch Existenz und Analyse des Monochlor-
benzols unter Anderem bewiesen. Dass ihm aber nicht die dop-
pelte oder dreifache etc. Formel entspricht, kann deshalb als
festgestellt erachtet werden, weil wir erst dann verstehen,
warum nur sechs verschieden zusammengesetzte Chlorsubstitu-
tionsproducte des Benzols existiren. Die Annahme Benzol sei
$C_{12}H_{12}$ oder $C_{18}H_{18}$ führt zu folgenden Formeln der Chlorbenzole:

$$C_{12}H_{10}Cl_2 \quad \text{oder} \quad C_{18}H_{15}Cl_3$$
$$C_{12}H_8Cl_4 \quad \text{„} \quad C_{18}H_{12}Cl_6$$
$$C_{12}H_6Cl_6 \quad \text{„} \quad C_{18}H_9Cl_9$$
$$C_{12}H_4Cl_8 \quad \text{„} \quad C_{18}H_6Cl_{12}$$
$$C_{12}H_2Cl_{10} \quad \text{„} \quad C_{18}H_3Cl_{15}$$
$$C_{12}\phantom{H}Cl_{12} \quad \text{„} \quad C_{18}\phantom{H}Cl_{18}$$

Es ist nun aber kein vernünftiger Grund denkbar, und steht
mit dem Begriff des Atoms geradezu im Widerspruch, wenn
die kleinste durch Chlor vertretbare Wasserstoffmenge 2 resp.
3 Atome wäre.


### b) Gleichwerthigkeit von vier Wasserstoffatomen im Benzol.

Wasserstoffatome nenne ich dann gleichwerthig, wenn bei
der Vertretung eines desselben durch ein bestimmtes Atom

---

[1]) Vergl. Lothar Meyer, Die modernen Theorien in der Chemie.

oder eine bestimmte Atomgruppe derselbe Körper resultirt, welches von den Wasserstoffatomen auch substituirt ist. Die Valenztheorie sucht derartigen Thatsachen dadurch zu genügen, dass sie annimmt, es seien solche Wasserstoffatome im Molekül in gleicher Weise an die anderen Atome gebunden. Ein vielleicht etwas freier, aber sehr verbreiteter Sprachgebrauch drückt dies durch die Bezeichnung „die Wasserstoffatome liegen (stehen) symmetrisch" aus [1]).

Dass von den sechs Wasserstoffatomen im Benzol vier untereinander gleichwerthig seien, habe ich durch ein vergleichendes Studium des Phenols verschiedener Herkunft nachweisen können [2]).

Das gewöhnliche reinste Phenol des Handels lässt sich durch Bromphosphor im Brombenzol und dieses durch Natrium und Kohlensäure in Benzoësäure überführen. Es geht daraus hervor, dass die OH-Gruppe im Phenol und die $CO_2H$-Gruppe in der Benzoësäure denselben Wasserstoff $a$ des Benzols vertreten [3]). Die drei Oxybenzoësäuren haben die Formeln $C_6H_4(OH)CO_2H$, es sind Bisubstitutionsderivate des Benzols, bei denen, weil aus allen Benzoësäure gewonnen werden kann, die $CO_2H$-Gruppe auch den Wasserstoff $a$ vertritt. Die Verschiedenheit der drei Oxybenzoësäuren rührt nach der Valenztheorie [4]) daher, dass die OH-Gruppen drei gegen den Wasserstoff $a$ verschieden gestellte Wasserstoffatome $b$, $c$ und $d$

---

[1]) Hr. Hübner tadelt diese Ausdrucksweise. (Berichte d. deut. chem. Ges. 9, 159.) Ich habe darauf nur zu erwidern, dass ich dieselbe nicht eingeführt, sondern nur adoptirt habe. Hr. Hübner kann z. B. bei Kekulé sehr häufig (s. Lehrbuch II, 495, 513. I, 159 etc.) diese Wendung finden, und doch hat auch schon Kekulé wiederholt darauf hingewiesen, dass darunter nicht Stellung im Raum gemeint sein soll (Lehrbuch I, 162 etc.).

[2]) Berichte d. deut. chem. Ges. 7, 1684.

[3]) Ich gehe hier nicht ein auf die Berechtigung der Formeln $C_6H_5(OH)$ für das Phenol und $C_6H_5(CO_2H)$ für die Benzoësäure, weil sie sich ableiten aus sehr bekannten Thatsachen und unseren allgemeinen Anschauungen über die chemischen Umsetzungen, wovon in der Einleitung kurz die Rede war.

[4]) Vergl. Capitel I.

ersetzt[1]). Nun lassen sich aber aus diesen drei Oxybenzoësäuren sehr leicht Phenole gewinnen, bei denen also die
OH Gruppe die Wasserstoffatome $b, c$ und $d$ vertritt. Ein genaues
Studium der Eigenschaften dieser Phenole hat aber ihre volle
Uebereinstimmung mit dem gewöhnlichen Phenol des Theers
und dadurch die Gleichwerthigkeit von vier Wasserstoffatomen
im Benzol ergeben.

c) Symmetrie zweier Wasserstoffatompaare im Benzol einem fünften Wasserstoffatom gegenüber.

Unter Symmetrie oder symmetrischer Stellung von zwei
Wasserstoffatomen einem 3. resp. 3. und 4. etc. gegenüber verstehe ich den Ausdruck der Thatsache, dass in einem substituirten Molekül (durch Vertretung dieses 3. resp. 3. und
4. Wasserstoffatoms durch irgend welche Atome entstanden)
von zwei anderen Wasserstoffatomen entweder das eine oder das
andere durch irgend welche Atomgruppe vertreten werden kann,
ohne dass verschiedene Substanzen entstehen. Die Theorie
der Valenz nimmt zur Erklärung dieser Thatsache an, dass die
Kohlenstoffatome, durch welche die zwei symmetrischen Wasserstoffatome gebunden sind, gegen dasjenige Kohlenstoffatom, das
mit dem dritten Wasserstoffatom resp. diejenigen, die mit dem
dritten und vierten Wasserstoffatom in Verbindung stehen, in
gleicher Weise gebunden sind.

Dass nun aber im Benzol zwei solcher symmetrischer Wasserstoffatompaare für zwei Wasserstoffatome des Benzols existiren,
habe ich versucht aus Thatsachen abzuleiten[2]), die wir Carstanjen[3]) verdanken und deren Richtigkeit mein Assistent
Dr. Engelbrecht durch genaue und sorgfältige Wieder-

---

[1]) Wollte man sich nicht dieser abgekürzten Redeweise bedienen, so
müsste man sagen, dass die Kohlenstoffatome, welche diese drei Wasserstoffatome binden, gegen den mit dem Wasserstoff a gebundenen Kohlenstoff in verschiedener Weise gebunden sind. .

[2]) Berichte d. deut. chem. Ges. 5, 322 u. 8, 1666. Liebig's An-
nalen 172, 348. — [3]) Journ. f. prakt. Chem. 3, 50.

holung hat constatiren können. Ich werde hier den Beweis in einer etwas veränderten Form geben und mache schon jetzt aufmerksam, dass demselben keine anderen Hypothesen zu Grunde gelegt sind, als die allgemeinen Ansichten über Substitution und Valenz es verlangen (vergl. Einleitung).

Nach Carstanjen kann das Thymol in doppelter Weise in identische Oxythymochinone verwandelt werden, 1. durch Oxydation und Behandlung des so entstandenen Chinon mit Brom und Kalilauge, oder 2. durch Behandlung von Thymol mit Salpetersäure, Reduction des gewonnenen Dinitrothymols und Oxydation des Diamidothymols.

Die Formel des Thymols ist $C_6 H_3 (CH_3)(C_3 H_7) OH$, denn es liefert mit Phosphorsuperchlorid und dann mit Natriumamalgam behandelt Cymol[1]) und hat alle Eigenschaften eines Phenols. Das Cymol aber ist Propylmethylbenzol, da es nach Fittica aus Bromtoluol und Brompropyl durch Natrium entsteht[2]). Dieses Thymol lässt sich nun durch Salpetersäure in eine Dinitroverbindung verwandeln, welche durch Reduction Diamidothymol liefert. Letzteres aber geht durch Oxydation mittelst Eisenchlorid in Oxythymochinon über. Andererseits gewinnt man aus Thymol durch Oxydation mittelst Braunstein und Schwefelsäure Thymochinon, das bei der Behandlung mit Brom und Kali ein mit dem obigen identisches Oxythymochinon liefert.

Ohne hier auf die noch immer nicht ganz erledigte Frage über die Constitution der Chinone einzugehen, glaube ich, ohne nöthig zu haben, weitere Beweise dafür zu geben, als Formel für das Oxythymochinon die folgende $C_6 H (CH_3)(C_3 H_7)(OH)(O)(O)$ aufstellen zu dürfen.

Bei der zuerst angeführten Bildungsweise dieses Körpers bleibt die OH-Gruppe des Thymols unverändert, und es wird nur durch die verschiedenen Reactionen eine Vertretung von zwei Atomen Wasserstoff durch zwei Atome Sauerstoff erreicht. Bei der Darstellung nach der zweiten Methode wird dagegen die OH-Gruppe des Thymols zur Chinonbildung verwerthet, durch

---

[1]) Carstanjen, l. c. — [2]) Berichte d. deut. chem. Ges. 7, 323.

Oxydation wird ihr das Wasserstoffatom entrissen, während gleichzeitig ein Wasserstoffatom des Benzols durch Sauerstoff ersetzt wird. Bei der dann folgenden Behandlung mit Brom und Kali wird durch Vertretung eines fünften Wasserstoffatoms eine OH-Gruppe eingeführt. Die OH-Gruppe in den Oxythymochinonen verschiedener Herkunft vertritt also verschiedene Wasserstoffatome. Da diese Körper aber identisch sind, so müssen offenbar die vertretenen Wasserstoffatome symmetrisch sein gegenüber gewissen anderen Benzolwasserstoffatomen. Um die dabei in Betracht kommenden Symmetriegesetze genau feststellen zu können, will ich die Wasserstoffatome des Benzols mit $a$, $b$, $c$, $d$, $e$, $f$ bezeichnen. Im Thymol stehe das Methyl in $a$, das Propyl in $b$, das Hydroxyl in $c$, so dass das daraus durch Oxydation, Bromirung und Behandlung mit Kali entstandene Oxythymochinon die Bezeichnung

$$\begin{array}{ccccccc} a & b & c & d & e & f \\ C_6 & CH_3 & C_3H_7 & O & (OH) & O & H \end{array}$$

erhält. Bei dem aus Diamidothymol gewonnenen Oxythymochinon vertritt das OH den Wasserstoff $c$. Die Chinonsauerstoffe stehen dann entweder 1) in $d$ und $e$, 2) in $d$ und $f$ oder 3) in $e$ und $f$.

1. Im ersten Fall wird die Formel des Oxythymochinons

$$\begin{array}{ccccccc} a & b & c & d & e & f \\ C_6 & CH_3 & C_3H_7 & (OH) & O & O & H \end{array}$$

Soll dieses aber identisch sein mit dem auf anderen Wege gewonnenen, so müssen die Wasserstoffatome $c$ und $d$ symmetrisch sein gegen die vier Wasserstoffatome $a$, $b$, $e$ und $f$.

Um zu erörtern, ob und wie dieser Bedingung genügt werden kann, müssen wir zwei Fälle unterscheiden.

I. Die zwei Wasserstoffatome $c$ und $d$ sind an denselben Kohlenstoff gebunden.

II. Die zwei Wasserstoffatome $c$ und $d$ sind an zwei verschiedene Kohlenstoffatome gebunden.

I. In diesem Fall kann der oben ausgesprochenen Bedingung nur dadurch genügt werden, dass auch die vier anderen

H-Atome je zu zwei an ein Kohlenstoffatom gebunden sind.
(Denn wären sie auf vier Kohlenstoffatome vertheilt, so würde
ein ganz an Kohlenstoffvalenzen gebundenes ausgezeichnetes
Kohlenstoffatom bleiben und dieses könnte im Molekül nicht so
gebunden werden, dass vier gleichwerthige H-Atome vorkommen.)
Man kommt so zu den Benzolschemen Fig. 1 oder Fig. 2, welche

Fig. 1.          Fig. 2.

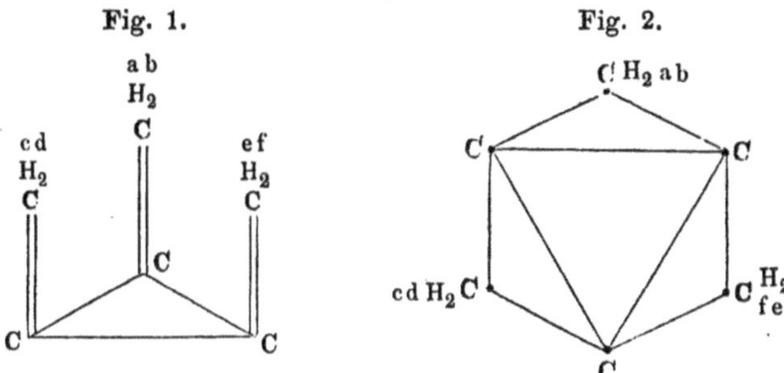

aber zu verwerfen sind, da sie nur zwei isomere Bisubstitutionsproducte zulassen, nämlich

1) $ab$

2) $ac = ad = ae = af,$

während bekanntlich in den meisten Fällen drei isomere Bisubstitutionsproducte bekannt sind. So enthält denn dieser Fall
keine Lösung des Problems.

II. Hier können entweder die vier Wasserstoffatome $a$, $b$, $e$
und $f$ auf vier verschiedene Kohlenstoffatome vertheilt sein, oder
sie sind auch zu je zwei an ein Kohlenstoffatom gebunden.

Fig. 3.

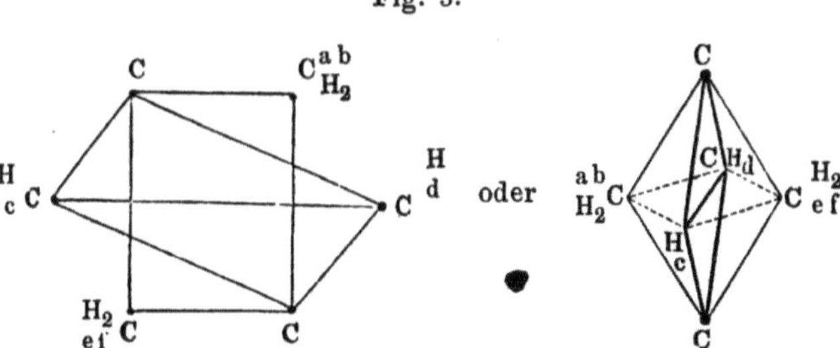

Bei der ersten Annahme aber lässt sich keine Vertheilung der
Valenzen finden, welche den zwei Bedingungen genügt: Gleich-

werthigkeit von vier H-Atomen und Symmetrie zweier H-Atome gegenüber von vier anderen.

Sind aber die vier gleichwerthigen H-Atome zu je zwei an ein Kohlenstoffatom gebunden, so kommt man entweder zu

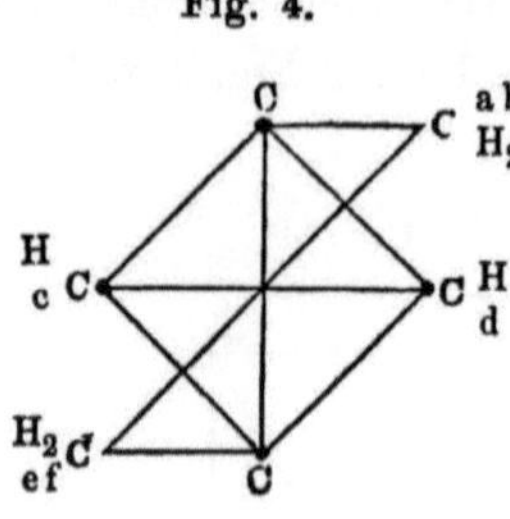
Fig. 4.



Fig. 3 (s. a. v. S.) oder zu Fig. 4, die allerdings nicht vollständig identisch sind, aber in Bezug auf die hier zu ziehenden Consequenzen dieselben Resultate liefern. Allerdings führen diese Formeln nur von den monosubstituirten Formen $a$, $b$, $e$ und $f$ zu drei isomeren Bisubstitutionsproducten:

$$1) \; ab$$
$$2) \; ac = ad$$
$$3) \; ae = af,$$

während die monosubstituirten Benzole $c$ oder $d$ nur zwei isomere Bisubstitutionsderivate zulassen, nämlich

$$1) \; cd$$
$$2) \; ca = cb = ce = cf.$$

Doch liefert dies kein stichhaltiges Argument gegen diese Formeln. Sie bilden daher eine Lösung des Problems, bei welcher aber der Beweis erbracht ist, dass für jeden der sechs H-Atome zwei symmetrische H-Atompaare existiren. Gegenüber den H-Atomen $c$ und $d$ sind nämlich die H-Atompaare $a$ und $b$ einerseits, und $e$ und $f$ andererseits symmetrisch, für das H-Atom $a$ aber und ähnlich für die H-Atome $b$, $e$ und $f$ bilden $c$ und $d$ das eine, $e$ und $f$ das andere symmetrische H-Atompaar.

2) Im zweiten Fall wird die Formel des Oxythymochinons

|  | $a$ | $b$ | $c$ | $d$ | $e$ | $f$ |
|---|---|---|---|---|---|---|
| $C_6$ | $CH_3$ | $C_3H_7$ | (OH) | O | H | O |

Da nun aber diese Formel mit der oben gegebenen

|  | $a$ | $b$ | $c$ | $d$ | $e$ | $f$ |
|---|---|---|---|---|---|---|
| $C_6$ | $CH_3$ | $C_3H_7$ | O | (OH) | O | H |

identisch sein soll, so muss das Wasserstoffatompaar $c$ und $d$ und ebenso $e$ und $f$ symmetrisch sein zu den beiden Wasserstoffatomen $a$ und $b$. Ich bemerke hier, dass $a$ derjenige Wasserstoff ist, welcher durch $CH_3$ im Toluol, also durch $CO_2H$ in der Benzoësäure vertreten ist.

3) Im dritten Falle erhalten wir für das Oxythymochinon die Formel

$$a \quad b \quad c \quad d \; e \; f$$
$$C_6 \; CH_3 \; C_3H_7 \; OH \; H \; O \; O$$

Der Identität mit der oben gegebenen Formel wegen müssen jetzt die H-Atome $c, d$ und $f$ symmetrisch stehen zu den H-Atomen $a, b$ und $e$. Nehmen wir die ersteren auf drei Kohlenstoffatome vertheilt an, so muss dasselbe auch, um der Gleichwerthigkeit von

Fig. 5.

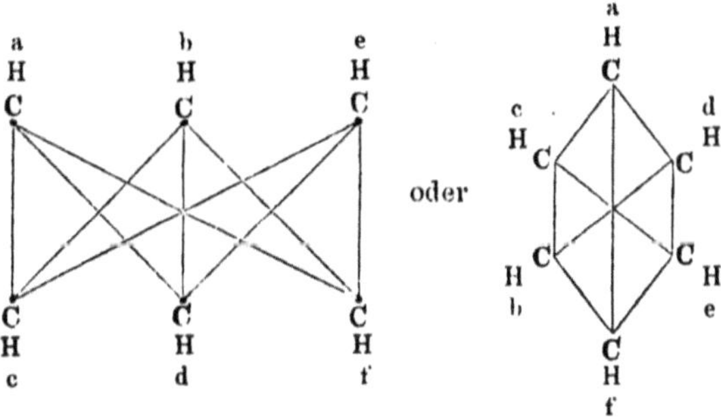


vier Benzolwasserstoffatomen zu genügen, von den letzteren gelten und wir kommen so zur Formel Fig. 5, welche wir deshalb als unzulässig bezeichnen müssen, weil sie nur zwei Bisubstitutionsproducte zulässt, nämlich

$$1)\; ac = ad = af,$$
$$2)\; ab = ae.$$

Werden dagegen die Wasserstoffatome $c$, $d$ und $f$ an einen Kohlenstoff gebunden angenommen, so gilt dies auch von den 3 anderen, da mindestens 4 Wasserstoffatome in gleicher Weise gebunden sein müssen. Man gelangt zu der Formel Fig. 6 (a. f. S.), welche auch wieder unzulässig ist, da sie nur zwei Bisubstitutionsproducte zulässt, nämlich

$$1)\ ab = ae,$$
$$2)\ ac = ad = af.$$

Damit hätte ich den Beweis erbracht, dass für 2 Wasserstoffatome 2 symmetrische Wasserstoffatompaare existiren.

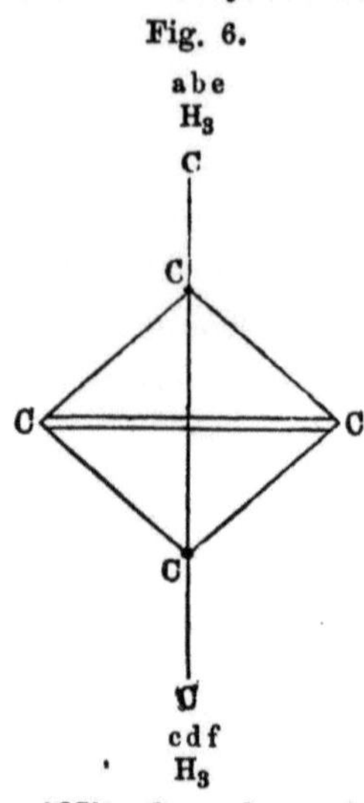


Da dieser Satz für die Constitution des Benzols von hervorragender Bedeutung ist, so scheint es mir wichtig, hier noch eine Reihe von Betrachtungen anzuschliessen, die sich auf Thatsachen ganz anderer Art stützen, und aus denen in directerer Weise der Nachweis des Satzes zu geben ist, dass einem Wasserstoffatom gegenüber zwei symmetrische Wasserstoffatompaare existiren.

Nach Hübner und Petermann[1] liefert die aus Benzoësäure gewonnene Brombenzoësäure durch Salpetersäure zwei Nitrobrombenzoësäuren, welche beide durch Reduction dieselbe Amidobenzoësäure (nämlich Anthranilsäure) erzeugen. Daraus folgt, dass für den in der Benzoësäure durch $CO_2H$ vertretenen Wasserstoff ein symmetrisches Wasserstoffatompaar existirt[2]. Denn wenn dieselbe Brombenzoësäure, $C_6H_4BrCO_2H$, zwei Nitrobrombenzoësäuren liefert, so müssen offenbar gleichzeitig zwei verschiedene Wasserstoffatome $a$ und $b$ durch $NO_2$ vertreten werden, so dass wir für die beiden Nitrobrombenzoësäuren die Formeln

$$\overset{a}{C_6H_3}NO_2BrCO_2H$$

und

$$\overset{b}{C_6H_3}NO_2BrCO_2H$$

---

[1] Ann. Chem. Pharm. 149, 129. — [2] Vergl. Ladenburg, Berichte d. deut. chem. Ges. 2, 140.

erhalten. Sollen die daraus gewonnenen Amidobenzoësäuren

$$\overset{a}{C_6\,H_4\,N\,H_2\,C\,O_2\,H}$$

und

$$\overset{b}{C_6\,H_4\,N\,H_2\,C\,O_2\,H}$$

identisch sein, so ist dies nur möglich, wenn die Wasserstoffatome $a$ und $b$ zu dem durch $CO_2\,H$ vertretenen symmetrisch sind.

Nun geht aus einer anderen Versuchsreihe hervor, dass für dasselbe Wasserstoffatom noch ein symmetrisches Wasserstoffatompaar existirt.

Wroblevsky hat mitgetheilt[1]), dass das aus Acetparatoluidin erhaltene Bromacettoluid durch Salpetersäure eine Nitroverbindung erzeugt, die durch Kali Nitrobromtoluidin, $C_6\,H_2\,(N\,O_2)$ $(Br)(N\,H_2)(C\,H_3)$, liefert. Durch salpetrige Säure und Alkohol gewinnt man daraus Nitrobromtoluol, $C_6\,H_3\,(N\,O_2)\,(Br)(C\,H_3)$, aus diesem durch Reduction Bromtoluidin und schliesslich ein Toluidin, $C_6\,H_4\,N\,H_2\,C\,H_3$, aus dem mittelst Verwandlung in Diazoverbindung und Behandlung mit Brom Bromtoluol entsteht. Dieses ist identisch mit dem Bromtoluol, das aus dem oben erwähnten Bromacettoluid, $C_6\,H_3\,Br\,(N\,H\,.\,C_2\,H_3\,O)\,C\,H_3$, erhalten wird, wenn man die Gruppe $N\,H\,.\,C_2\,H_3\,O$ durch H vertritt. Nun steht aber offenbar das Brom in dem letzteren an der Stelle eines anderen Wasserstoffatoms als in dem Bromtoluol, welches aus Nitrobromtoluol gewonnen wurde. Denn aus diesem letzteren entsteht es durch Vertretung der Gruppe $N\,O_2$, und diese wird eingeführt, nachdem das H-Atom, das in dem nach der anderen Methode dargestellten Bromtoluol durch Br vertreten ist, durch dieses Element bereits ersetzt war. Also auch hier dürfen wir den Schluss auf das Vorhandensein eines symmetrischen Wasserstoffatompaars ziehen, und zwar ist dasselbe symmetrisch gegen den im Toluol durch $CH_3$ vertretenen H. Dieser ist aber identisch mit dem in der Benzoësäure durch $CO_2\,H$ vertre-

---

[1]) Berichte d. deut. chem. Ges. 8, 573.

tenen, da bekanntlich Toluol durch Oxydation diese Säure liefert.
Dass dieses hier nachgewiesene symmetrische Wasserstoffatompaar nicht mit dem früheren als existent erhärteten identisch
ist, geht daraus hervor, dass das hier besprochene Bromtoluol
durch Oxydation eben jene Brombenzoësäure bildet, von der
Hübner und Petermann bei ihren Versuchen ausgingen und
welche der Oxybenzoësäurereihe angehört, während die daraus
gewonnenen Nitrobrombenzoësäuren und Amidobenzoësäure der
Salicylsäure entsprechen.

Der Schluss, dass es ein symmetrisches Wasserstoffatompaar für einen bestimmten Wasserstoff im Benzol giebt, lässt
sich auch aus Versuchen von Körner [1] ziehen, doch verzichte
ich hier darauf, die Darlegung im Einzelnen zu verfolgen und
verweise auf dessen interessante Abhandlung.


### d. Gleichwerthigkeit der sechs Benzolwasserstoffe.

Von vier Wasserstoffatomen im Benzol ist bereits oben die
Gleichwerthigkeit nachgewiesen worden und zwar dadurch, dass
gezeigt wurde, dass die aus den Oxybenzoësäuren darstellbaren
Phenole untereinander und mit dem gewöhnlichen Phenol identisch sind. Dort ist weiter berichtet worden, dass man von dem
letzteren direct zur Benzoësäure übergehen kann. Daraus folgt
also [2]), dass das Wasserstoffatom $a$, das im Phenol des Theeres
durch OH vertreten ist, in der Benzoësäure durch $CO_2H$ substituirt ist. In den drei Oxybenzoësäuren stehen die Gruppen OH
an drei davon und untereinander verschiedenen Wasserstoffatomen $b$, $c$ und $d$ (weil nur dann die Verschiedenheit der drei
Säuren möglich ist). Unter diesen darf aber kein gegen $a$ symmetrisches Wasserstoffatompaar vorkommen, da sonst bei ihrer
Vertretung durch dieselbe Atomgruppe keine drei von einander
verschiedene Oxybenzoësäuren entstehen könnten. Da nun aber,
wie oben nachgewiesen wurde, gerade für dieses Wasserstoff-

[1]) Gaz. chimica ital. tomo IV. — [2]) Vergl. Ladenburg, Berichte d.
deut. chem. Ges. 7, 1684.

atom $a$, das in der Benzoësäure vertreten ist, noch zwei symmetrische Wasserstoffatompaare existiren, so giebt es also noch zwei Wasserstoffatome $e$ und $f$, die mit zweien der obigen drei ($b$, $c$ und $d$) jene zwei symmetrischen Wasserstoffpaare bilden, d. h. $e$ und $f$, wenn sie durch OH vertreten sind ($a$ immer noch durch $CO_2H$ vertreten gedacht), liefern zwei mit zwei der bekannten Oxybenzoësäuren identische Säuren. Daraus folgt, dass die Phenole, welche das OH an Stelle von $e$ oder $f$ enthalten, auch wieder mit dem gewöhnlichen Phenol identisch sind, und daraus der Nachweis der Gleichwerthigkeit aller Benzolwasserstoffatome.

Die zwei jetzt bewiesenen Sätze der Gleichwerthigkeit der Benzolwasserstoffe und der symmetrischen Stellung zweier Wasserstoffatompaare einem fünften gegenüber, welches letztere jetzt, eben der Gültigkeit des ersten Satzes wegen, auch auf alle Benzolwasserstoffe ausgedehnt werden kann, bilden die Grundlage für das Verständniss der Isomerien in der aromatischen Reihe.

Es geht daraus ohne Weiteres hervor, dass unter Monosubstitutionsproducten des Benzols keine Isomerie vorkommen darf, ebenso wenig wie unter Pentasubstitutionsproducten mit gleichen Substituenten. Es folgt weiter, dass von allen Bisubstitutionsproducten des Benzols drei isomere Formen möglich sein müssen.

Die Thatsachen stehen mit diesen Consequenzen in bester Uebereinstimmung.

Kolbe's Salylsäure[1]), die mit der Benzoësäure isomer sein sollte, wurde schon vor Aufstellung der Kekulé'schen Hypothesen durch Reichenbach und Beilstein[2]) als mit der Benzoësäure identisch erkannt. Und wenn nun neuerdings Kolbe auch wieder Zweifel an der Richtigkeit der Beilstein'schen Versuche ausgesprochen hat[3]), so war es ihm doch nicht möglich, dieselben thatsächlich zu begründen.

---

[1]) Ann. Chem. Pharm. 115, 187. — [2]) Ibid 132, 309. — [3]) Journ. f. prakt. Chem. 8, 41.

Die von Otto[1]) und Jungfleisch[2]) angenommene Existenz von zwei Pentachlorbenzolen habe ich widerlegt[3]).   Dasselbe gilt von Fittica's Behauptungen über Entstehung einer vierten und fünften  isomeren Nitrobenzoësäure[4]).   Eine gründliche Untersuchung der bei der Nitrirung der Benzoësäure entstehenden Producte hat mir gelehrt, dass dabei nur die drei bekannten Nitrobenzoësäuren gebildet werden[5]), womit auch die Versuche anderer Chemiker im Einklang stehen[6]).  Was das vierte isomere Bioxybenzol (Pyrogentisin)[7]) und die vierte isomere Brombenzolsulfosäure betrifft[8]), so sind dieselben kurz nach deren vermeintlicher Entdeckung von  den betreffenden Autoren selbst als mit einer der drei schon früher bekannten isomeren Verbindungen identisch erkannt worden[9]).

So existirt denn heute keine Thatsache, welche diesen beiden Sätzen widerspricht.  Von welchem Gewicht diese negative Bestätigung ist, kann nur der ermessen, welcher das ausgedehnte Gebiet der aromatischen Verbindungen übersehen kann.  In der Folge werde ich auf diese beiden Sätze die weiteren Betrachtungen stützen.

---

[1]) Ann. Chem. Pharm. 141, 93. 154, 182. — [2]) Ann. chim. phys. [(4)] 15, 186. — [3]) Ann. Chem. Pharm. 172, 331. — [4]) Berichte d. deut. chem. Ges. 8, 252, 710 und 741. 9, 788. — [5]) Ibid 8, 535 und 853. — [6]) Griess, ibid. 8, 526. Salkowsky, ibid 8, 636. Einer Widerlegung der neusten Angaben Fittica's bedarf es wohl nicht. — [7]) Hlasiwetz u. Habermann, Liebig's Ann. 175, 62. — [8]) Limpricht, Berichte d. deut. chem. Ges. 8, 322. — [9]) Hlasiwetz, Berichte d. deut. chem. Ges. 8, 684. Limpricht, ibid 8, 729.

# III. Benzolformeln.

Wie der Leser bemerken wird, verfolge ich hier gerade den entgegengesetzten Gedankengang, den Kekulé in seiner berühmten Abhandlung einschlug. Dieser ging von einer bestimmten Ansicht über die Art der Bindung der Kohlenstoffatome in den aromatischen Körpern im Allgemeinen und im Benzol im Besondern aus, und leitete daraus gewisse Schlüsse über Gleichwerthigkeit von Wasserstoffatomen oder Anzahl der Isomerien ab. So sehr sich auch diese Art des Vorgehens durch den Erfolg jener Speculationen gerechtfertigt hat, so sehr wäre dieser Weg für den Zweck dieser Schrift verfehlt gewesen. Hier sollte eben das, was Kekulé an die Spitze seiner Hypothese gesetzt, die Art der Kohlenstoffbindung im Benzol, auf inductivem Wege aus den Thatsachen abgeleitet werden, wobei freilich, wie schon wiederholt betont, gewisse allgemeine Gesichtspunkte festgehalten wurden (vergl. Einleitung).

Unter der Formel eines Körpers versteht die heutige Chemie eine Bezeichnungsweise, welche nicht nur Rechenschaft giebt von der Zusammensetzung und der Molekulargrösse desselben, sondern auch über die Bindungsweise der Atome im Molekül eine bestimmte Ansicht ausdrückt.

Es soll nun hier zunächst gezeigt werden, wie die bisher entwickelten und nachgewiesenen Sätze über die Constitution des Benzols zu einer ganz bestimmten Benzolformel führen.

Da der Kohlenstoff vierwerthig ist und die Wasserstoffatome des Benzols gleichwerthig sind, so können die sechs Wasserstoffatome desselben nur entweder zu je drei an zwei Kohlenstoffatome

gebunden sein, oder zu je zwei an drei Kohlenstoffatome, oder
es ist jedes einzelne Wasserstoffatom mit einem Kohlenstoffatom
in Verbindung getreten. Nun ist oben schon nachgewiesen,
dass die beiden ersten Annahmen die thatsächlich nachgewiesene Möglichkeit von drei isomeren Bisubstitutionsproducten
ausschliessen, und diese Annahmen müssen deshalb verworfen
werden. Wir kommen so zu der Ansicht, dass das Benzol aus
sechs mit einander verbundenen CH-Gruppen besteht [1]. Dabei
muss hervorgehoben werden, dass diese Ansicht die einzige ist,
welche mit der wichtigen und interessanten Synthese des Benzols aus Acetylen, die wir Berthelot verdanken [2], im Einklang
steht.

Jedem Kohlenstoffatom bleiben daher noch drei Valenzen,
welche zur Bindung der sechs Kohlenstoffatome unter einander
benutzt werden müssen. Da nun der Gleichwerthigkeit der
H-Atome wegen die Kohlenstoffatome untereinander in gleicher
Weise verbunden sein müssen, so kann jedes Kohlenstoffatom
entweder mit drei oder mit zwei anderen Kohlenstoffatomen
Valenzen austauschen. Im ersten Fall haben wir mehrere
Unterabtheilungen zu unterscheiden, je nach der Art wie diese
drei Kohlenstoffatome, die an dasselbe Kohlenstoffatom gebunden sind, gegeneinander sich binden.

1) Sind sie gar nicht aneinander gebunden, so haben wir eine
oben schon discutirte und verworfene Formel, das Schema Fig. 7.

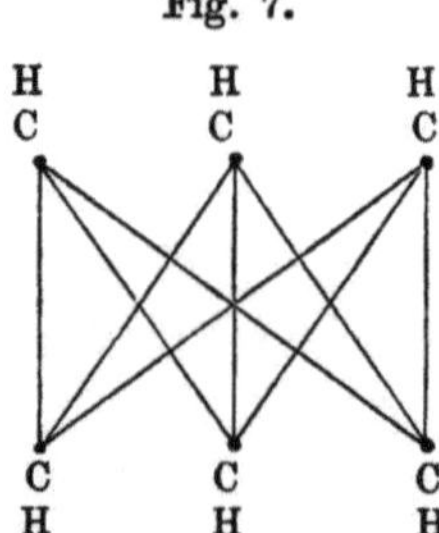

Fig. 7.



Die Formel ist deshalb unbrauchbar, weil
sie nur zwei isomere Bisubstitutionsproducte zulässt.

2) Sind dagegen zwei von diesen
drei Kohlenstoffatomen dadurch vom
dritten ausgezeichnet, dass sie untereinander aber nicht mit dem dritten
gebunden sind, so kommen wir zu Fig. 8,

---

[1] Die oben S. 15 und 16 mit Fig. 3 und 4 bezeichneten dort als möglich angenommenen Formeln des Benzols genügen nun auch nicht mehr, da
sie der inzwischen nachgewiesenen Gleichwerthigkeit der Benzolwasserstoffe widersprechen. — [2] Ann. Chem. Pharm. 139, 272.

der bekannten sogenannten Prismenformel, die Claus gelegent-
lich erwähnte [1]), und von der ich schon vor längerer Zeit gezeigt
habe, dass sie den ersten an eine Benzolformel zu stellenden
Bedingungen genügt [2]). Hier ist in der That sowohl die Gleichwerthigkeit der sechs H-Atome, als auch die Möglichkeit von
drei isomeren Bisubstitutionsderivaten erfüllt, nämlich:

$$1)\ ab = ac,$$
$$2)\ ae = af,$$
$$3)\ ad.$$

Weiter ist auch die Symmetrie zweier Wasserstoffpaare
einem fünften gegenüber gewahrt und zwar ist z. B. $a$ gegenüber 1) $b$ und $c$ und 2) $e$ und $f$ symmetrisch gestellt.

3) Der Annahme, dass diese drei Kohlenstoffatome auch
untereinander gebunden sind, kann durch keine Formel genügt

Fig. 8.

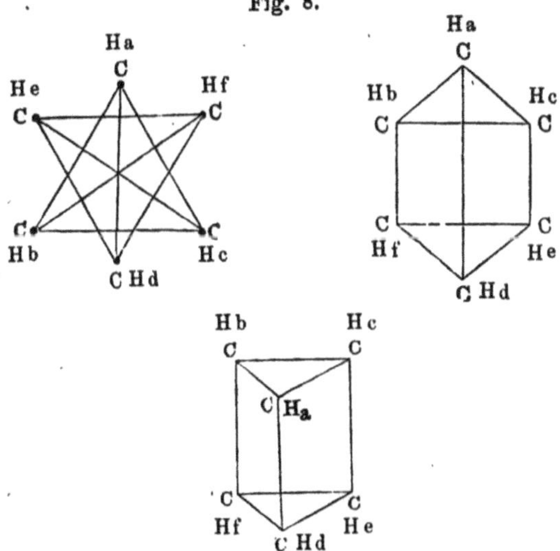


werden, welche die Bedingung der gleichen Bindungsweise der
sechs Kohlenstoffatome (d. h. die Gleichwerthigkeit der sechs
Wasserstoffatome) erfüllt. Diese Annahme führt daher zu keiner
Lösung.

---

[1]) Theor. Betrachtungen und deren Anwendung zur Systematik der
organischen Chemie. Freiburg 1867, S. 207. — [2]) Berichte d. chem.
Ges. 1869, 140.

Wenn wir aber zu der Hypothese übergehen, wonach jedes Kohlenstoffatom nur mit zwei anderen gebunden ist, so kann

Fig. 9.

dieser nur dadurch genügt werden, dass an den einen Kohlenstoff zwei, an den anderen Kohlenstoff eine Valenz abgegeben wird, da jedes Kohlenstoffatom noch drei freie Valenzen besitzt. Dies führt zu dem Kekulé'schen Sechseck (Fig. 9), welches allerdings der Gleichwerthigkeit der H-Atome genügt, aber der Existenz zweier symmetrischer Wasserstoffatompaare widerspricht, denn wenn auch die Annahme möglich ist, dass $d$ und $e$ symmetrisch zu $a$ liegen, so findet dies bei $b$ und $c$ nicht statt, da die damit in Verbindung stehenden Kohlenstoffatome im einen Fall zwei, im anderen je eine Valenz austauschen. Es widerspräche also geradezu der oben gegebenen Definition von symmetrischer Lage, wenn ich eine solche für $b$ und $c$, $a$ gegenüber behaupten wollte. Ich thue dies nicht, im Gegentheil habe ich schon vor längerer Zeit diesen Einwand gegen diese Benzolformel erhoben [1]. Kekulé hat denselben dadurch zu beseitigen versucht, dass er eine mechanische Interpretation des Begriffs Valenz gab, wonach „die Werthigkeit die relative Anzahl der Stösse bedeutet, welche ein Atom in der Zeiteinheit durch andere Atome erfährt" [2]. Sind zwei Kohlenstoffatome einfach gebunden, so prallen sie in der Zeiteinheit einmal aneinander, während doppelt gebundene Kohlenstoffatome in derselben Zeit zweimal aneinander prallen. Indem Kekulé diese Vorstellung auf das Benzol überträgt, kommt er zu der Ansicht, dass in der ersten Zeiteinheit jedes Kohlenstoffatom mit einem der benachbarten, in der zweiten Zeiteinheit dagegen mit dem anderen der benachbarten Kohlenstoffatome in doppelter Bindung ist.

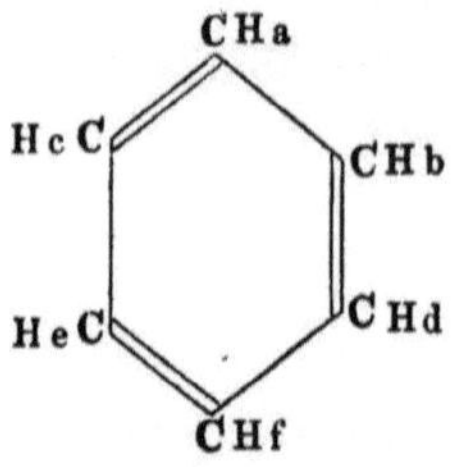

Ich bin nun der Ansicht und habe dies auch schon wieder-

----

[1] Berichte d. deut. chem. Ges. 1869, 140. — [2] Liebig's Annal. 162, 87.

holt ausgesprochen [1]), dass durch derartige Hypothesen und Anschauungen jener Einwand nicht beseitigt wird, wenn man nicht
gleichzeitig den Boden der Valenztheorie wenigstens theilweise
verlässt. Kekulé's Betrachtungen führen ihn offenbar zu der
Annahme vollständiger Identität zwischen den beiden unten-
stehenden Formeln (Fig. 10), d. h. zu der Annahme, die ich
schon oben als unzulässig bezeichnete, dass zwei Wasserstoffatome zu einem dritten symmetrisch liegen, ob die betreffenden
Kohlenstoffatome einfach oder ob sie doppelt gebunden sind.
Ich glaube meine Ansicht, in dieser Annahme eine Incon-
sequenz zu erblicken, dadurch noch begründen zu sollen, indem ich hier darauf hinweise, dass doch der Hauptzweck der
Structurformeln in einer anschaulichen Erklärung der Isomerien
gefunden wird und dass diese Erklärungsweise sehr häufig darin
besteht zu zeigen, dass Wasserstoffatome von verschiedenem
Werth durch dasselbe Atom oder dieselbe Atomgruppe ersetzt
sind. Unter verschiedenwerthigen Wasserstoffatomen verstehen.

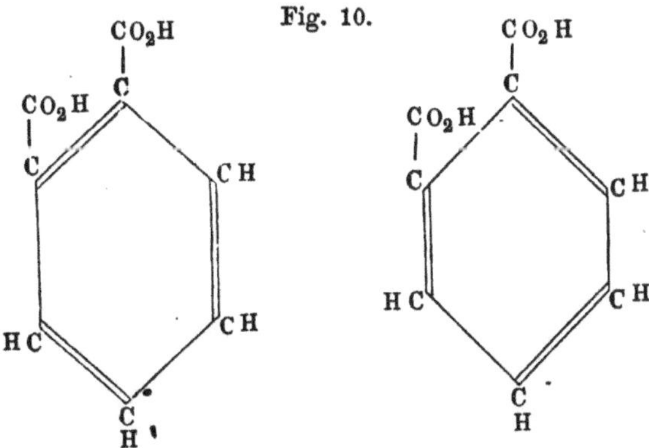

Fig. 10.

wir aber solche, deren Bindungsweisen im Molekül ungleich-
artig sind. Dieses Princip wird durch die Kekulé'sche Annahme verletzt und es erscheint mir das immerhin bedenklich
trotz der Versuche von Kekulé, jene Annahme mit unseren
allgemeinen Anschauungen in Einklang zu bringen.

Offenbar verschwindet der Unterschied in der Bindungsweise der Wasserstoffatome von *b* und *c* — *a* gegenüber, wenn

[1]) Berichte d. duet. chem. Ges. 5, 322. Liebig's Annal. 172, 353.

wir den Kohlenstoff im Benzol als nur mit drei Valenzen thätig
annehmen, denn dann erhalten wir folgende Formel (Fig. 11):

Fig. 11.

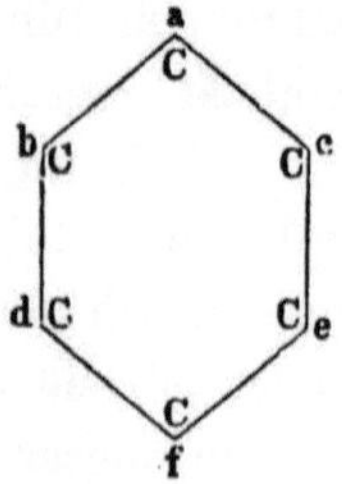


und in dieser Form findet man auch die Sechseckformel am
häufigsten in Gebrauch.

Deshalb gehe ich auch so weit zu behaupten, die Kekulé'-
sche Annahme von der Identität der obigen zwei Formeln sei
nahezu gleichbedeutend mit der Annahme von dreiwerthigem
Kohlenstoff im Benzol, weil nämlich die Schlüsse aus beiden
Hypothesen zusammenfallen.

Damit wäre denn nachgewiesen, dass die sogenannte Prismenformel die einzige ist, welche den bisher besprochenen An-
forderungen an eine Benzolformel genügt.

Da nun aber trotz jener Mängel die Sechseckformel von
den meisten Chemikern beibehalten ist und da auch ich gern
zugebe, dass ausser jenem berechtigten Einwand, diese für die
weiteren Speculationen ebenso, wenn nicht noch besser geeignet
ist, wie die Prismenformel, so werde auch ich mich einer In-
consequenz schuldig machen, indem ich bei den späteren Betrachtungen die Formel Kekulé's neben der anderen gebrauche.

# IV. Grundlagen der Ortsbestimmung.

Unter Ortsbestimmung in aromatischen Verbindungen versteht man die Bestimmung der relativen Orte, welche die im Benzol durch Atome oder Atomgruppen substituirten Wasserstoffatome eingenommen haben, oder richtiger und schärfer ausgedrückt, man versteht darunter die Feststellung der Bindungsweise derjenigen Kohlenstoffatome, welche mit den im Benzol substituirten Atomen oder Atomgruppen verbunden sind. Es ist selbstverständlich, da die sechs H-Atome des Benzols gleichwerthig sind, dass eine solche Feststellung erst nach der Vertretung zweier Benzolwasserstoffe einen Sinn erhält, sie ist namentlich von Bedeutung für die zweifach substituirten Benzole, von denen es bekanntlich im Allgemeinen drei isomere Reihen giebt.

Oben haben wir nun gesehen, dass es streng genommen nur eine einzige Benzolformel giebt, wir werden hier aber auch die Sechseckformel in unsere Betrachtungen hineinziehen, wobei wir aber wie oben die Annahme machen müssen, die doppelten Bindungen zweier Kohlenstoffatome spielten bei Betrachtungen über Isomerien absolut dieselbe Rolle wie einfache Bindungen.

Denken wir uns nun zwei Wasserstoffatome durch gleiche oder verschiedene Atome substituirt, so geben beide Benzolformeln (Fig. 12 a. f. S.) drei verschiedene isomere Substitutionsproducte, die wir hier wie üblich durch Zahlen, welche die ersetzten Wasserstoffatome bezeichnen, darstellen.

$$\text{I.} \quad \ldots \ldots \quad 1.2 = 1.6,$$
$$\text{II.} \quad \ldots \ldots \quad 1.3 = 1.5,$$
$$\text{III.} \quad \ldots \ldots \quad 1.4.$$

Andererseits hat man auch diejenigen Bisubstitutionsderivate des Benzols, bei welchen die Wasserstoffatome 1 und 2

Fig. 12.

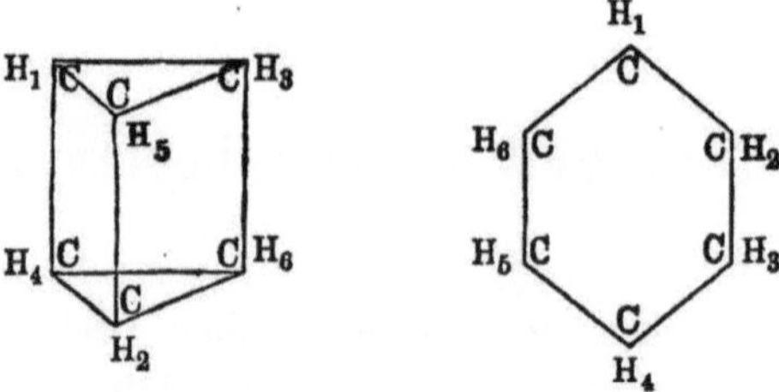

resp. 1 und 6 vertreten sind, Orthoderivate genannt, während man diejenigen, wo $H_1$ und $H_3$ resp. $H_1$ und $H_5$ ersetzt sind, zu der Metareihe rechnete und schliesslich diejenigen, bei denen an die Stelle von $H_1$ und $H_4$ Atome eingetreten sind, zu den Paraverbindungen zählt.

Dass Ortho-, Meta- und Parareihe untereinander verschieden sind, zeigen beide Formeln. Allerdings hat sich vor längerer Zeit eine Stimme erhoben [1]), welche behauptete, es sei bei Annahme der Prismenformel ein Bisubstitutionsderivat 1.4 identisch mit einem Derivat 1.3 oder 1.5, da die Kohlenstoffatome 4 und 1 ebenso verbunden seien wie 3 oder 5 mit 1. Damals aber habe ich nachweisen können [2]), dass dem nicht so ist und hier brauche ich nur an die im vorigen Capitel besprochene Entstehung der Formel zu erinnern, wo gezeigt wurde, dass unter den 3 mit 1 verbundenen Kohlenstoffatomen zwei sich dadurch auszeichnen, dass sie noch untereinander gebunden sind.

Dass aber Ortho-, Meta- und Parareihe bei der gebrauchten Bezeichnung der H-Atome in beiden Formeln dieselbe Bedeutung haben, kann erst in der Folge klar gemacht werden. Einstweilen erscheint dies sehr unwahrscheinlich, und es muss zuge-

---

[1]) Wichelhaus, Berichte d. deut. chem. Ges. 2, 197. — [2]) Berichte d. deut. chem. Ges. 2, 272.

geben werden, dass die Art der Kohlenstoffbindung in jeder der drei Reihen sehr verschieden ist, je nachdem man die Prismen- oder die Sechseckformel zu Grunde legt.

Die sogenannte Ortsbestimmung hat sich nun zur Aufgabe gestellt, für die verschiedenen aromatischen Körper zu ermitteln, welche von den sechs Wasserstoffatomen 1, 2, 3, 4, 5, 6 vertreten sind. Diese Aufgabe wurde dadurch gelöst, dass man zunächst für bestimmte Körper durch Speculationen eigenthümlicher Art die vertretenen H-Atome feststellte und dann aus diesen Körpern durch einfache chemische Umsetzungen andere Verbindungen darstellte, bei denen man nach dem Princip von der Erhaltung des Typus (vergl. Einleitung) annehmen durfte, dass in ihnen noch immer dieselben H-Atome, allerdings jetzt durch andere Atome oder Atomgruppen, ersetzt seien. So zerfällt denn die ganze Frage der Ortsbestimmung bei aromatischen Körpern in zwei Theile, von denen offenbar der erste grundlegende Theil theoretisch die weit grössere Bedeutung hat. Hier in diesem Capitel soll nun dieser erste Theil behandelt werden.

Schon Kekulé hat versucht[1], in seiner ersten Abhandlung über die Constitution aromatischer Körper derartige Grundlagen zur Ortsbestimmung zu gewinnen. Er ging dabei von der Ansicht aus, dass, wenn ein Atom H durch ein bestimmtes Element, z. B. Brom, vertreten sei, die umliegenden Atome in Bezug auf ihre Anziehung diesem Element gegenüber gesättigt seien, so dass ein zweites, neu eintretendes Bromatom „die Nähe des vorhandenen Broms möglichst vermeiden und einen möglichst entfernten Ort aufsuchen wird." Daraus, folgerte Kekulé weiter, geht hervor, dass wenn man sich das erste Bromatom bei 1 denkt (die Sechseckformel vorausgesetzt), das zweite Brom den H4 substituiren würde, d. h. das aus Brombenzol dargestellte Bibrombenzol müsste der Pararreihe angehören etc.

Diese Anschauungen sind namentlich von Baeyer[2] bekämpft worden, der darauf hinwies, dass aus Chloräthyl durch weitere Einwirkung von Chlor Aethylidenchlorür, $CH_3 . CHCl_2$, entsteht,

---

[1] Ann. Chem. Pharm. 137, 174. — [2] Ann. Chem. Pharm. Suplb. 5, 84.

also das zweite Atom Chlor ein Atom H vertritt, welches mit dem schon an Chlor gebundenen Kohlenstoff in Verbindung steht. Das zweite Atom Chlor vermeidet also die Nähe des ersten nicht, wie man sagen darf, wenn man sich Kekulé'scher Sprache bedient.

Kekulé scheint auch kein allzu grosses Gewicht auf jene Speculationen gelegt zu haben, oder durch Baeyer's Argumente bekehrt worden zu sein, da er bei der Darlegung seiner Ansichten in dem Lehrbuch für organische Chemie diesen Punkt unerörtert lässt.

Dagegen wurde noch im Jahre 1867, also kurz nach dem Erscheinen von Kekulé's Abhandlung, von Körner darauf hingewiesen [1]), dass eine experimentelle Möglichkeit bestehe zur Bestimmung des chemischen Ortes, welche Bezeichnung Körner damals einführte. Allerdings deutet derselbe den Weg dazu nur an, ohne mit der nöthigen Ausführlichkeit und Klarheit die volle Bedeutung desselben hervorzuheben, noch die Lösung der Frage durch die damals publicirten Versuche wesentlich zu fördern [2]). So blieben denn auch seine Ansichten und Thatsachen unbeachtet, wurden kaum erwähnt und haben jedenfalls zunächst keinen Einfluss ausgeübt, doch werde ich weiter unten auf die späteren Arbeiten Körner's zurückkommen.

Ein weiterer Versuch zur Ortsbestimmung rührt von Baeyer her [3]). Während Fittig noch mit der Untersuchung der Derivate des Mesitylens beschäftigt war, und noch ehe er die Natur desselben als eines trimethylirten Benzols klargestellt hatte, stellte Baeyer die Ansicht auf, dass bei der Condensation des Acetons zu Mesitylen je eine Methylgruppe des ersteren zwei H-Atome abgäbe, während die andere unberührt bleibe. Indem er sich in dieser Weise „drei Acetone zu einer in sich geschlossenen Kette vereinigt denkt, bekommt er ein Benzol, in welches drei Methyle symmetrisch eingefügt sind." Man kann sich

---

[1]) Bulletin de l'Acad. roy. de Belgique T. 24, 3. — [2]) Körner begnügt sich mitzutheilen, dass, wenn möglich, wäre aus allen drei Bioxybenzolen ein und dasselbe Trioybenzol zu gewinnen, in diesem die OH-Gruppen die H-Atome 1, 2, 4 vertreten würden. — [3]) Ann. Chem. Pharm. 140, 306.

Baeyer's Darstellung durch folgende Formeln (Fig. 13) sehr anschaulich machen.

Obgleich hier nur eine Hypothese vorlag, für deren Berechtigung keine Gründe angegeben wurden und die über-

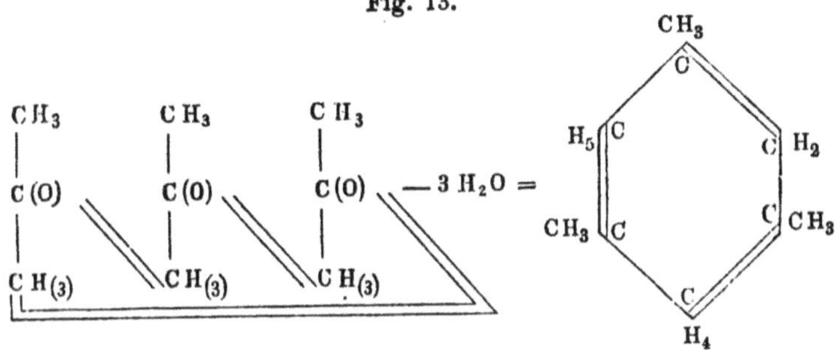

Fig. 13.

haupt nur möglich ist, wenn man für das Benzol die Sechseckformel annimmt, so wurde doch diese Ansicht über die Constitution des Mesitylens von sehr vielen Chemikern, die sich mit solchen Fragen beschäftigten, angenommen und sogar von Manchen als Grundlage zu weiteren Speculationen benutzt. Erst nach mehreren Jahren habe ich durch eine eingehende und vergleichende Untersuchung einiger Mesitylenderivate thatsächlich nachweisen können, dass dieser Kohlenwasserstoff symmetrisches Trimethylbenzol ist, indem ich zeigte, dass die drei dem Benzol noch angehörenden H-Atome untereinander gleichwerthig sind [1]). Nennen wir diese drei H-Atome $a$, $b$, $c$, nehmen wir an, in dem von Hofmann entdeckten Dinitromesitylen [2]) seien davon $a$ und $b$ durch $NO_2$-Gruppen vertreten, und es werde bei dem Uebergang dieses Körpers in das Maule'sche Nitromesidin [3]) die $NO_2$-Gruppe bei $b$ reducirt, so haben wir für letzteres die Formel:

$$\overset{a}{\phantom{C_6(CH_3)_3}}\,\overset{b}{\phantom{NO_2}}\,\overset{c}{\phantom{NH_2}}$$
$$C_6(CH_3)_3\ NO_2\ NH_2\ H$$

Nun lässt sich aber daraus sehr leicht eine Acetverbindung gewinnen, die durch abermalige Behandlung mit Salpetersäure ein Dinitroacetmesidin liefert, offenbar von folgender Formel:

---

1) Ann. Chem. Pharm. 179, 163. — 2) Ibid. 71, 121. — 3) Ibid. 71, 137.

$$\overset{a}{\phantom{C_6(CH_3)_3}} \overset{\,}{C_6(CH_3)_3\,N\,O_2}\,\overset{b}{(NH.C_2H_3O)}\,\overset{c}{N\,O_2}$$

Dieses wurde durch Behandlung mit HCl in Dinitromesidin und letzteres durch salpetrige Säure und Alkohol in Dinitromesitylen von der Formel:

$$C_6(CH_3)_3\,\overset{a}{N\,O_2}\,\overset{b}{H}\,\overset{c}{N\,O_2}$$

verwandelt. Da ich nun bestimmt zeigen konnte, dass das so gewonnene Dinitromesitylen mit dem ursprünglichen identisch ist, so war dadurch die Identität der H-Atome $b$ und $c$ erwiesen.

Ich zeigte nun weiter, dass das von Fittig & Storer aus dem Mesitylen durch Salpetersäure gewonnene Nitromesitylen[4] auch aus dem Nitromesidin darstellbar sei, indem man darin nach Griess' Methode die $NH_2$-Gruppe durch H ersetzt. Daraus geht hervor, dass diesem Mononitromesitylen die Formel zugehört:

$$C_6(CH_3)_3\,\overset{a}{N\,O_2}\,\overset{b}{H}\,\overset{c}{H}$$

Durch Reduction erhält man daraus Mesidin, und dieses geht durch Eisessig im Acetmesidin über, welches durch Salpetersäure in Nitroacetmesidin verwandelt wird. Diesem letzteren müssen wir eine der beiden Formeln zulegen:

$$C_6(CH_3)_3\,\overset{a}{(NH.C_2H_3O)}\,\overset{b}{N\,O_2}\,\overset{c}{H}$$

oder

$$C_6(CH_3)_3\,\overset{a}{(NH.C_2H_3O)}\,\overset{b}{H}\,\overset{c}{N\,O_2}$$

die aber der oben bewiesenen Gleichwerthigkeit der H-Atome $b$ und $c$ wegen identisch sind. Dieses Nitroacetmesidin geht beim Erhitzen mit HCl in gewöhnliches Maule'sches Nitromesidin über, dessen Formel

$$C_6(CH_3)_3\,\overset{a}{NH_2}\,\overset{b}{N\,O_2}\,\overset{c}{H}$$

daher identisch sein muss mit der oben für diesen Körper gegebenen

---

[4] Ann. Chem. Pharm. 147, 1.

$$\overset{a\quad b\quad c}{C_6(CH_3)_3\ NO_2\ NH_2\ H}$$

d. h. es müssen also auch die H-Atome *a* und *b* und daher alle drei dem Benzolkern angehörigen H-Atome des Mesitylens gleichwerthig sein.

Durch diesen Nachweis ist wenigstens ein Theil der Baeyer'schen Hypothese erwiesen: es zeigt sich nämlich, dass die Methylgruppen im Mesitylen in gegenseitiger Metastellung stehen müssen, da nur unter dieser Voraussetzung jener eben bewiesene Satz erfüllt ist. Die beiden nebenstehenden Figuren stellen daher die Mesitylenformeln dar, von denen die eine sich auf die Prismenformel, die andere auf die Sechseckformel für das Benzol stützt.

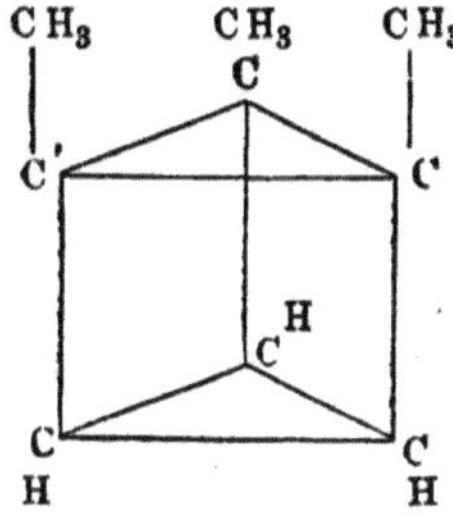
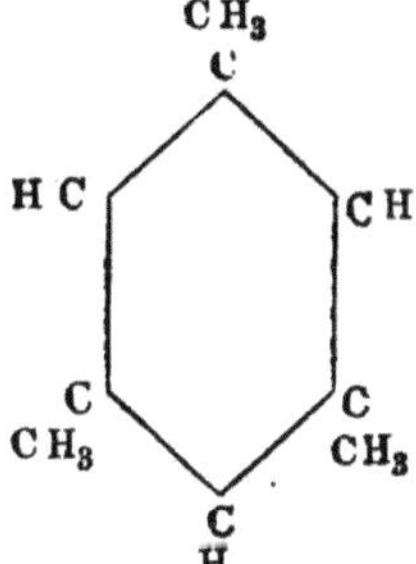

In zweiter Linie haben Gräbe's Untersuchungen über das Naphtalin diesem einen Anhalt zur Bestimmung des chemischen Orts gegeben [1]. Kurz vorher hatte Erlenmeyer [2] für das Naphtalin die Formel

aufgestellt. Gräbe versucht den experimentellen Nachweis für die Richtigkeit dieser Formel zu geben und zwar auf folgende Weise: zunächst zeigt er, dass das Bichlornaphtochinon,

[1] Ann. Chem. Pharm. 149, 22. — [2] Ibid. 137, 346.

3*

$C_{10} H_4 Cl_2 O_2$, durch Oxydation Phtalsäure, die bekannte Bicarbonsäure des Benzols, liefert. Daraus folgt, dass in dem Bichlornaphtochinon ein Benzolkern mit vier unvertretenen H-Atomen vorhanden ist, d. h. seine Formel lässt sich schreiben

$$C_6 H_4 (C_4 Cl_2 O_2)$$

Da nun aber mit Hülfe von Phosphorsuperchlorid diese Verbindung in Pentachlornaphtalin verwandelt wird, so erhält dieses folgende Formel

$$C_6 H_3 Cl (C_4 Cl_4)$$

Letzteres liefert bei der Oxydation Tetrachlorphtalsäure [1]), was offenbar nur dann möglich ist, wenn auch die vier an Chlor gebundenen Kohlenstoffatome einer Benzolgruppe angehören. So kommt denn Gräbe zu dem wohlberechtigten Schluss, dass das Naphtalin aus zwei Benzolkernen besteht, welche zwei gemeinschaftliche Kohlenstoffatome haben. Wenn man auch soweit diesem Forscher zustimmen kann, so gilt dies nicht von dem nächsten Schritt in Gräbe's Betrachtungen. Derselbe stellt nämlich die Ansicht auf, dass die beiden den zwei Benzolkernen angehörenden Kohlenstoffatome „benachbart liegen", was in der Sprache der Valenztheorie offenbar heisst, dass sie direct miteinander verbunden sind. Die Gründe, welche Gräbe zu dieser Annahme bewogen haben, mögen folgende gewesen sein. Zunächst liess er sich wohl durch die Erlenmeyer'sche Formel für das Naphtalin bestimmen, bei der auch diese Annahme gemacht ist. Dazu kommt, dass eine Naphtalinformel, bei der von dieser Hypothese abgesehen wird, weniger anschaulich ist. Nicht ohne Einfluss wird Gräbe's Wunsch gewesen sein, mit Baeyer's Ansichten in Uebereinstimmung zu bleiben. Waren die Methyl-

---

[1]) Es verdient hervorgehoben zu werden, dass Gräbe nur nachweist, dass diese Säure die Formel $C_8 H_2 Cl_4 O_4$ besitzt, zweibasisch ist und sehr leicht ein dem Phtalsäureanhydrid sehr ähnliches Anhydrid, $C_8 Cl_4 O_3$, liefert, dass er aber nur aus der Aehnlichkeit im Verhalten schliesst, dass sich die Säure von der Phtalsäure und nicht von Isophtalsäure oder von der Terephtalsäure ableitet. Herr Stud. Braasch, der in meinem Laboratorium die Versuche von Gräbe wiederholte und sie bestätigen konnte, hat leider auch zu wenig Tetrachlorphtalsäure erhalten, um sie in Phtalsäure überzuführen.

gruppen des Mesitylens in Metastellung, so galt dies auch (vergl. folgendes Capitel) von den Carboxylen in der Isophtalsäure, während Gräbe durch obige Annahme auf die Orthostellung der Carboxyle in der Phtalsäure geführt wurde.

Natürlich kann dies für uns kein Grund sein, mit Gräbe jene Annahme zu machen. Ich glaube im Gegentheil den Gräbe'schen Betrachtungen jede Beweiskraft für die Orthostellung der Phtalsäure absprechen zu müssen, will jedoch gern zugeben, dass spätere Resultate mit seinen Ansichten in Uebereinstimmung stehen. Dagegen hat sich die damit zusammenhängende und schon früher von Gräbe ausgesprochene Vermuthung [1]), dass auch in den Chinonen die beiden Sauerstoffatome an „benachbarte Kohlenstoffatome" gebunden seien, durch spätere Untersuchungen als unrichtig erwiesen.

Ganz sicher und bestimmt lässt sich aber, wie ich gezeigt habe, der Nachweis führen, dass sich in der Paraoxybenzoësäure die $OH$-Gruppe zu dem Carboxyl in der Parastellung befindet [2]). Es geht dies aus den schon citirten Versuchen von Hübner und Petermann [3]) hervor, aus denen oben bereits die symmetrische Stellung zweier H-Atome erwiesen wurde. Dort wurde gezeigt, dass aus gewöhnlicher, der Oxybenzoësäure entsprechender (Meta) Brombenzoësäure durch Nitriren zwei Nitrobrombenzoësäuren entstehen, die durch Reduction dieselbe (Ortho) Amidobenzoësäure, der Salicylsäure zugehörig, bilden. Daraus folgt zunächst, dass dem durch Carboxyl in der Benzoësäure vertretenen H gegenüber 2 H-Atome in der der Salicylsäure entsprechenden (Ortho) Stellung existiren. Aus der Thatsache aber, dass zunächst zwei Nitrobrombenzoësäuren entstehen, folgt weiter, dass das Bromatom den eingetretenen Nitrogruppen nicht symmetrisch gegenüber steht. Da nun aber, wie oben erwiesen (S. 18), zwei H-Atome existiren, für welche jenes Symmetriegesetz gleichzeitig Geltung hat, so muss noch ein H-Atom vorkommen, bei dessen Vertretung durch OH weder Oxybenzoë-

---

[1]) Ann. Chem. Pharm. 137, 63. — [2]) Berichte d. deut. chem. Ges. 2, 140. — [3]) Ann. Chem. Pharm. 149, 129.

säure noch Salicylsäure entsteht. Das ist offenbar der in der Paraoxybenzoësäure durch O H vertretene H, und es ist so gezeigt, dass diese Säure zur Parareihe gehört, dass ihre Bezeichnung 1.4 wird, und dass die zwei in derselben vertretenen H-Atome in einer nur einmal im Benzol vorkommenden Beziehung stehen. Da nun längst nachgewiesen ist (vergl. folgendes Capitel), dass Terephtalsäure und Paraoxybenzoësäure zu einer Reihe von Derivaten des Benzols gehören, so ist jetzt festgestellt, wenn wir die bei dem Mesitylen gewonnenen Resultate hinzunehmen, dass

Terephtalsäure der Parareihe angehört,
Isophtalsäure     „ Metareihe     „
Phtalsäure        „ Orthoreihe    „

Da aber die Phtalsäureformel für die des Naphtalins bestimmend ist, so wird auch das letztere eine Orthoverbindung und dadurch erwachsen seiner Formulirung bei Zugrundelegung des Prismas als Benzolformel Schwierigkeiten. Unsere Formeln sollen doch namentlich auch ein anschauliches Bild gewisser Eigenschaften der Körper geben, was hier nicht erreichbar ist. Dieses schon früher geäusserte Bedenken gegen die Prismaformel darf übrigens einstweilen nicht zu ernst genommen werden, da durch Gräbe nicht erwiesen, sondern nur angenommen wurde, dass die von ihm aus Pentachlornaphtalin gewonnene Tetrachlorphtalsäure ein Derivat der Phtalsäure, also des Benzols ist. Wenn nun durch die im Vorgehenden beschriebenen Untersuchungen und Betrachtungen die Grundlagen für die Ortsbestimmungen geschaffen wurden, so will ich hier auch auf neuere Arbeiten in dieser Richtung Rücksicht nehmen, welche sehr willkommene Bestätigungen der eben gewonnenen Resultate brachten.

Deshalb gehe ich zunächst näher ein auf eine experimentell überaus reiche und, wie es scheint, sorgfältig ausgeführte Arbeit von Körner[1]), die leider nur in wenig übersichtlicher Form die Resultate darstellt. Darin sehe ich den Grund, warum

---

[1]) Gazetta chimica italiana t. IV.

dieselbe noch so selten besprochen wurde, was mich veranlasst, sie eingehend zu behandeln. Dabei muss ich bemerken, dass Körner seine Schlüsse nur auf die Sechseckformel des Benzols stützt. Ich werde aber hier zeigen, dass sie auch auf das Prisma übertragen werden können.

In erster Linie zeigt Körner, dass die Orthoverbindungen mit zwei gleichen substituirten Atomen zwei Trisubstitutionsderivate liefern können. Die Metaverbindungen dagegen drei und die Paraverbindungen nur ein Trisubstitutionsderivat, was durch die folgenden Formeln, sowohl am Sechseck wie am Prisma illustrirt wird.

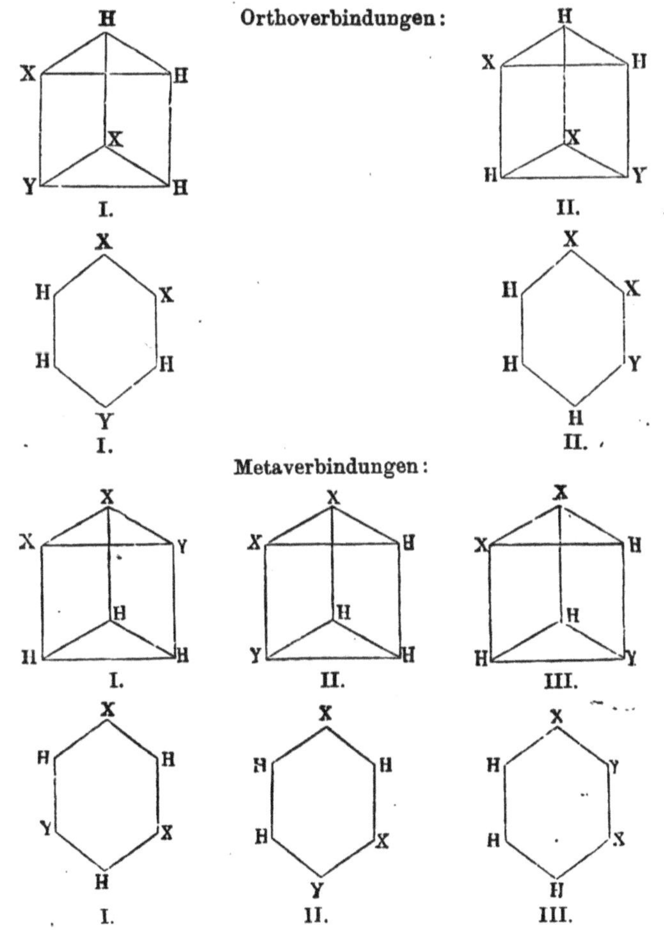

Paraverbindungen:

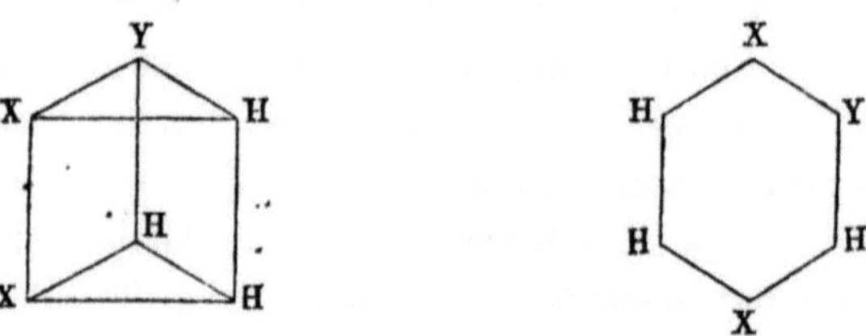

Weiter wird darauf hingewiesen, dass ein Trisubstitutions-product mit drei gleichen Substituenten existirt, welches aus allen möglichen Bisubstitutionsderivaten dargestellt werden kann, und dass diesem die Bezeichnung 1.3.4 zukommen muss, was durch die nachstehenden Formeln veranschaulicht werden soll:

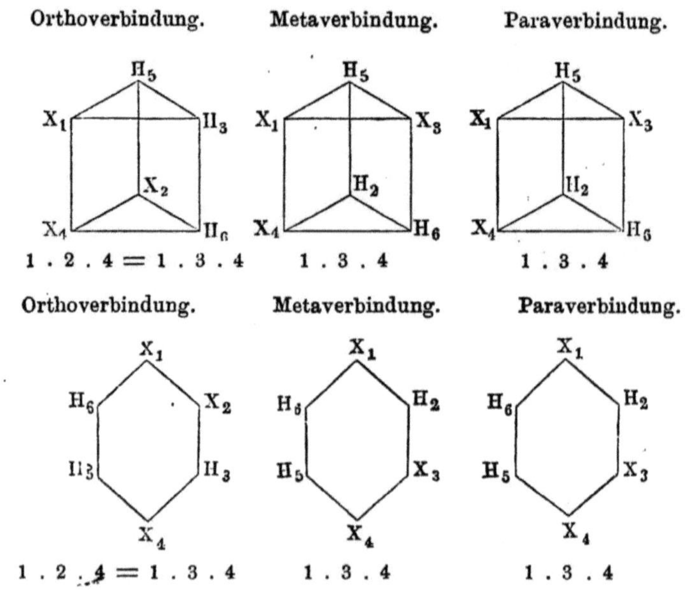



Nun zeigt Körner zunächst, dass das flüssige bei $219^0$ siedende Bibrombenzol eine Metaverbindung 1.3 ist und zwar, weil dasselbe durch Behandlung mit Salpetersäure zwei Nitro-bibrombenzole liefert, von denen das eine bei $61·6^0$, das andere bei $82·6^0$ schmilzt, und weil es aus einem dritten Nitrobibrombenzol, das bei 104·5⁰ schmilzt, durch Vertretung der $NO_2$-Gruppe durch H dargestellt werden kann.

Aus diesem Bibrombenzol, d. h. aus dem daraus darstellbaren bei 61·6⁰ schmelzenden Nitrobibrombenzol wird leicht gewöhnliches, auch aus Bibromacetanilid entstehendes Bibromanilin gewonnen, und dieses lässt sich durch Vertretung von $NH_2$ durch Br in das bekannte von Mitscherlich entdeckte bei 44⁰ schmelzende und bei 275⁰ siedende Tribrombenzol verwandeln. Da nun aber dieses Tribrombenzol auch aus Orthobibrombenzol und aus Parabibrombenzol entsteht, so muss ihm die Bezeichnung 1.3.4 zukommen.

Weiter weist Körner nach, dass das bei 202·5⁰ schmelzende Nitrobibromanilin durch salpetrige Säure und Alkohol das bei 104·5⁰ schmelzende, schon oben erwähnte Nitrobibrombenzol liefert, die zwei Br-Atome also in der Metastellung 1.3 enthält. Da nun aber aus Orthobibrombenzol (Schmelzpunkt — 1⁰ und Siedepunkt 223⁰) durch Salpetersäure ein bei 58⁰ schmelzendes Nitrobibrombenzol gewonnen wird, das durch alkoholisches $NH_3$ ein bei 104·5⁰ schmelzendes Nitrobromanilin liefert, so steht darin das Brom zu der $HN_2$-Gruppe in derselben (Ortho) Stellung wie in dem oben erwähnten Bibrombenzol. Dasselbe gilt nun auch für das aus diesem Nitrobromanilin durch Brom entstehenden Nitrobibromanilin. Dieses ist aber mit dem oben schon erwähnten bei 202·5⁰ schmelzenden Körper identisch, und darin ist also auch das eine Brom zu der $NH_2$-Gruppe in der Orthostellung, während nach oben die zwei Br-Atome gegeneinander in Metastellung sind. Wird nun darin die $NH_2$-Gruppe durch Brom, die $NO_2$-Gruppe durch H vertreten, so entsteht ein bei 87·4⁰ schmelzendes und von dem oben erwähnten durchaus verschiedenes Tribrombenzol. In dem letzteren stehen nun zwei Brom-Atome in der Metastellung, zwei andere Brom-Atome aber in der Orthostellung. Da dasselbe aber von dem Mitscherlich'schen Bibrombenzol verschieden ist, so kann es nicht mit 1.3.4 (oder 1.3.6) bezeichnet werden. Da ihm aber auch nicht die Bezeichnung 1.3.5 zukommen kann, weil es sonst alle Brom-Atome in Metastellung enthielte, so muss es durch 1.2.3

bezeichnet werden, woraus folgt, dass Orthobibrombenzol 1 . 2 ist.

Es ergiebt sich dann schliesslich, dass das dritte bei 89·3⁰ schmelzende und bei 218·6⁰ siedende Bibrombenzol von Couper Parabibrombenzol 1.4 ist.

Eine ähnlich vollständige Grundlage für die Ortsbestimmung in aromatischen Körpern rührt von Griess [1] her. Hier gestalten sich sogar die Schlüsse noch einfacher und prägnanter. Auch Griess geht davon aus, dass es nur sechs isomere Trisubstitutionsproducte des Benzols geben kann, wenn zwei der eingetretenen Atome gleicher Natur sind und das dritte davon verschieden ist. Griess hat nun aus Orthonitrobenzoësäure durch Behandlung mit Salpeter-Schwefelsäure drei verschiedene Dinitrobenzoësäuren gewonnen. Von diesen schmilzt eine bei 177⁰, liefert durch Reduction die sogenannte Diamido-Benzoësäure [2], aus welcher durch Destillation das bei 140⁰ schmelzende Phenylendiamin gewonnen wird. Die zweite Dinitrobenzoesäure schmilzt bei 179⁰ und liefert durch Behandlung mit Zinn und Salzsäure sofort das bei 63⁰ schmelzende Phenylendiamin [3]. Endlich entsteht eine bei 202⁰ schmelzende Dinitrobenzoësäure, welche auch mit Zinn und Salzsäure in das bei 63⁰ schmelzende Phenylendiamin übergeht. Eine vierte Dinitrobenzoësäure ist die von Cahours aus Metanitrobenzoësäure dargestellte bei 204⁰ schmelzende Verbindung. Dieselbe wurde von Voit [4] in die zugehörige Diamidoverbindung verwandelt und aus deren Barytsalz entsteht nach Wurster und Ambühl [5] durch Destillation mit Aetzbaryt auch wieder das bei 63⁰ schmelzende Phenylendiamin. Die fünfte und sechste Dinitrobenzoësäuren sind nun allerdings unbekannt, dagegen sind die ihnen entsprechenden Diamidobenzoësäuren von Griess als $\beta$ und $\gamma$ Diamidobenzoësäuren beschrieben worden [6], und beide liefern bei der trocknen Destillation das bei 99⁰ schmelzende Phenylendiamin.

---

[1] Berichte d. deut. chem. Ges. 1874, 1226. — [2] Vergl. Journ. f. prakt. Chem. V, 237. — [3] Vergl. auch Wurster, Berichte d. chem. Ges. 1874, 148. — [4] Ann. Chem. Pharm. 99, 100. — [5] Berichte d. chem. Ges. 1874, 213. — [6] Journ. f. prakt. Chem. V, 237.

Hier ist also nachgewiesen, dass das bei 140⁰ schmelzende Phenylendiamin einer Diamidobenzoësäure, das bei 99⁰ schmelzende Diamidobenzol zwei Diamidobenzoësäuren und das bei 63⁰ schmelzende Phenylendiamin drei Diamidobenzoësäuren entspricht. Daraus folgt unmittelbar, dass das bei 140⁰ schmelzende Phenylendiamin der Pararreihe 1 . 4 zugehört, das bei 99⁰ schmelzende Phenylendiamin der Orthoreihe 1 . 2 und das bei 63⁰ schmelzende Phenylendiamin der Metareihe 1 . 3 entspricht.

# V. Ortsbestimmung in Bisubstitutionsproducten des Benzols.

Nachdem im vorigen Capitel die Grundlagen für derartige Untersuchungen auseinander gesetzt worden sind, handelt es sich jetzt nur noch um die Verknüpfung der bereits in ihrer Constitution bekannten Körper mit allen übrigen. Eine solche Verknüpfung muss nothwendig durch Thatsachen festgestellt werden, d. h. es müssen durch einfache Umsetzungen aus den Phtalsäuren resp. den Oxybenzoësäuren, den drei Dibrombenzolen oder den drei Diamidobenzolen alle anderen Disubstitutionsproducte des Benzols gewonnen werden. Wenn nun auch diese Aufgabe noch nicht vollständig gelöst ist, so ist sie es doch der Hauptsache nach.

Indem ich hier versuche, die gewonnenen Resultate darzulegen, wird es sich zeigen, dass die im Vorhergehenden besprochenen Grundlagen wirklich eindeutig sind, d. h. dass die auf verschiedenen Wegen und für verschiedenartige Verbindungen gewonnenen Resultate sich gegenseitig wenigstens im Allgemeinen unterstützen. Dass auch widersprechende Angaben bekannt sind, darf übrigens nicht mit Stillschweigen übergangen werden, im Gegentheil will ich hier ausdrücklich bemerken, dass Thatsachen existiren, welche zu dem Schluss führen, dass unter gewissen Bedingungen die gegenseitigen Beziehungen der Atome eine tiefgreifende Veränderung erfahren, dass sogenannte molekulare Umlagerungen oder Atomwanderungen im Molekül eintreten, welche sich einer genauen Controle entziehen. Hierher gehören namentlich Reactionen, bei denen hohe Temperaturen mitwirken. So hat man sich neuerdings überzeugt, dass die Produkte, die durch Kalischmelze entstehen, sehr häufig in ihrer Constitution von den Ausgangsverbindungen wesentlich verschieden sind, und man benutzt daher diese Umsetzungen nicht mehr zu Schlüssen für die Ortsbestimmung. In der folgenden Zusammenstellung sind daher diese Reactionen nur bisweilen erwähnt, und nur dann zu Schlussfolgerungen in Bezug auf Constitution benutzt, wenn jede andere thatsächliche Grundlage fehlt.

Aber auch bei verhältnissmässig niederer Temperatur kommen solche den allgemeinen Anschauungen widersprechende Umsetzungen vor. Dahin gehört die Bildung von Phenolparasulfosäure aus Phenolorthosulfosäure bei etwa $100^0$ [1]), die Verwandlung von Salicylsäure in Paraoxybenzoesäure bei Gegenwart von Kalium und Kohlensäure unter Anwendung einer Temperatur von etwa $200^0$ [2]). Hierher gehören auch die Zersetzungen mittelst KCN, wovon die Versuche von Richter [3]) und die Versuche von Kekulé und Rinne [4]) Zeugniss ablegen.

Ohne auf solche interessante Reactionen hier näher einzugehen, will ich nur bemerken, dass dieselben uns zu äusserster Vorsicht mahnen bei Schlüssen, wie sie in der Folge gemacht werden sollen, und dass sie uns zeigen, dass diese Schlüsse nicht immer zu richtigen Resultaten führen, was die Arbeiten der letzten Jahre genugsam bewiesen haben.

Nach diesen einleitenden Bemerkungen gehe ich jetzt zu dem eigentlichen Inhalt dieses Capitels über, d. h. zu der Einreihung der wichtigsten Benzolbisubstitutionsderivate nach den drei möglichen Kategorien.

---

[1]) Kekulé, Berichte d. deut. chem. Ges. 2, 330. — [2]) Kolbe, Journ. f. prakt. Chem. 10, 96. — [3]) Berl. Ber. 4, 29, 553 etc. — [4]) Ebendas. 4, 386.

| | Ortho. | Meta. | Para. |
|---|---|---|---|
| $C_6H_4\begin{cases}Cl\\Cl\end{cases}$ | Sdp. 179[0], flüssig. Aus o-Chlorphenol und $PCl_5$ [1]). | Aus m-Nitranilin durch Umwandlung in Nitrochlorbenzol, in Chloranilin etc. Sdp. 172·1[0] flüssig [2]). | Sdp. 173[0], Schm. 56·4. Aus Benzol und Chlor, auch aus Paranitranilin [2]). |
| $C_6H_4\begin{cases}C\\Br\end{cases}$ | — | — | Aus p-Chlor- u. p-Bromanilin. Sdp. 196·3, Schm. 67·4 [2]). |
| $C_6H_4\begin{cases}Cl\\J\end{cases}$ | Sdp. 229[0] — 230[0], flüssig. Aus o-Chloranilin [1]). | — | Sdp. 226[0] — 227[0], Schm. 57[0]. Aus p-Chloranilin [1]). |
| $C_6H_4\begin{cases}Cl\\OH\end{cases}$ | Schm. 7[0], Sdp. 176[0]. Aus Phenol und Chlor [3]), aus o-Nitrophenol [4]), aus o-Chloranilin [1]). | Sdp. 214[0]. Aus m-Chloranilin [1]). | Schm. 41[0], Sdp. 217[0]. Aus Phenol und Chlor, aus p-Chloranilin [2]). |
| $C_6H_4\begin{cases}Cl\\NO_2\end{cases}$ | Schm. 15[0] (32,5[0]) [32]), Sdp. 243[0]. Chlorbenzol und $HNO_3$ [5]). | Schm. 48[0], Sdp. 233[0]. Aus m-Nitranilin [6]), [7]) u. [8]). | Schm. 83[0], Sdp. 242[0] [32]). Aus $C_6H_5Cl$ u. $HNO_3$ [9]), aus p-Nitranilin [2]). |
| $C_6H_4\begin{cases}Cl\\NH_2\end{cases}$ | Sdp. 207[0]. Schwache Base. Aus o-Chlornitrobenzol [1]). | Sdp. 230[0], starke Base. Aus m-Chlornitrobenzol [7]). | Sdp. 230[0], Schm. 70[0] [7]). Rhomb. Prismen [10]) aus p-Nitrochlorbenzol [11]) und aus Acetanilid [12]). |
| $C_6H_4\begin{cases}Cl\\SO_3H\end{cases}$ | Das Amid schmilzt bei 182·5[0]. Die Säure aus o-Amidobenzolsulfosäure gewonnen [13]). | Schm. des Amids 148[0]. Säure aus m-Amidbenzolsulfosäure [13]). | Schm. des Chlorürs 55[0], des Amids 143[0] [13]). Aus Chlorbenzol und $H_2SO_4$ [18]). Durch $PCl_5$ p-Dichlorbenzol [24]). |
| $C_6H_4\begin{cases}Br\\Br\end{cases}$ | Schm. 1[0], Sdp. 223·8 [14]). Aus Benzol u. Brom [15]), aus o-Bromanilin [14]). | Flüssig, Sdp. 219·4[0] [14]). Aus m-Bromanilin [14]), aus Dibromacetanilid [16]). | Schm. 89·3[0], Sdp. 218·7[0] [14]). Aus Benzol und Brom [17]), aus p-Bromanilin, aus p-Bromphenol [14]). |

| $C_6H_4\{\begin{smallmatrix}Br\\J\end{smallmatrix}$ | Sdp. 257·4°. Aus o-Bromanilin [14]). | Sdp. 252°, flüssig. Aus m-Brom-anilin [2]). | Schm. 91·9°, Sdp. 251·5°. Aus p-Brom-anilin. |
|---|---|---|---|
| $C_6H_4\{\begin{smallmatrix}Br\\OH\end{smallmatrix}$ | Sdp. 194°—195°, flüssig. Aus o-Brom-anilin [19]) u. o-Amidophenol [14]). | Schm. 32 — 33°, Sdp. 236°. Aus m-Bromanilin [19]). | Schm. 64°, Sdp. 238. Aus p-Brom-anilin [19]) u. [14]). |
| $C_6H_4\{\begin{smallmatrix}Br\\NO_2\end{smallmatrix}$ | Schm. 41°, Sdp. 261° [19]). Aus $C_6H_5Br$ u. $HNO_3$ [20]), aus o-Nitranilin [14]). | Schm. 56·4°, Sdp. 256·5 [19]). Aus m-Nitranilin [14]) u. [25]). | Schm. 126° — 127°, Sdp. 255° bis 256° [19]). Aus p-Nitranilin [14]), aus $C_6H_5Br$. u. $HNO_3$ [23]). |
| $C_6H_4\{\begin{smallmatrix}Br\\NH_2\end{smallmatrix}$ | Schm. 31·5°, Sdp. 229° [19]). Aus o-Nitranilin [14]). | Schm. 18°, Sdp. 251° [19]). Aus m-Nitranilin. | Reguläre Octaëder. Schm. 63°, nicht ohne Zers. destillirbar [19]). Aus Ani-liden [22]), aus p-Nitrobrombenzol und p-Nitranilin [14]). |
| $C_6H_4\{\begin{smallmatrix}Br\\SO_3H\end{smallmatrix}$ | Aus ($\gamma$) o-Amidobenzolsulfosäure. Schm. des Amids 186° [26]). | Aus ($\alpha$) m-Amidobenzolsulfosäure, Schm. des Amids 154° [26]), identisch mit Isobrombenzolsulfosäure [27]). | Schm. 88° [27]), Schm. d. Amids 166° [28]). Aus $C_6H_5Br$ und $H_2SO_4$ [29]), aus p-Amidosulfosäure (Sulfanil-säure) [30]) u. [31]). |

[1]) Beilstein u. Kurbatow, Ann. d. Chem. 176, 38. — [2]) Körner, Gaz. chim. t. IV. — [3]) Faust u. Müller, Ann. d. Chem. 173, 303. — [4]) Kramers, ebend. 173, 331. — [5]) Jungfleisch, Ann. de chim. et phys. [4] 15, 186. — [6]) Griess, Jahresber. 1863, 424. — [7]) Beilstein u. Kurbatow, Ann. d. Chem. 176, 44. — [8]) Körner, Gaz. chim. t. IV. — [9]) Riche, Ann. d. Chem. 121, 357. — [10]) Groth, Ber. d. d. chem. Ges. 3, 453. — [11]) Socoloff, Ztschr. f. Chem. 1866, 622. — [12]) Hofmann, Jahresber. 1860, 349. — [13]) Limpricht, Ber. d. d. chem. Ges. 8, 1065. — [14]) Körner, Gaz. chim. 1874, 305. — [15]) Riese, Ann. d. Chem. u. Pharm. 164, 176. — [16]) Meyer u. Stüber, ebend. 165, 175. — [17]) Couper, Jahresber. 1857, 449. — [18]) Otto u. Brunner, Ann. d. Chem. 143, 102. — [19]) Fittig u. Mager, Ber. d. d. chem. Ges. 8, 362. — [20]) Hübner u. Alsberg, Ann. d. Chem. 156, 308. — [21]) Griess, Phil. Trans. 1864, III, 713. — [22]) Mills, Ann. d. Chem. 121, 281. — [23]) Couper, ebend. 104, 225. — [24]) Kekulé, Ber. d. chem. Ges. 6, 944. — [25]) Wurster u. Nölting, ebend. 7, 904. — [26]) Berndsen u. Limpricht, Ber. d. d. chem. Ges. 8, 458. — [27]) Garrick, Ztschrft. f. Chem. 1869, 549. — [28]) Goslich, Ber. d. chem. Ges. 8, 352. — [29]) Couper, Ann. d. Chem. u. Pharm. 104, 226. — [30]) Limpricht, Ber. d. chem. Ges. 8, 729. — [31]) Nölting, Inaugural-Dissert. Zürich, 1875. — [32]) Beilstein und Kurbatow, Ann. Chem. 182, 94.

| | O r t h o. | M e t a. | P a r a. |
| --- | --- | --- | --- |
| $C_6H_4\left\{\begin{smallmatrix}J\\J\end{smallmatrix}\right.$ | — | Schm. 40·4°, Sdp. 284·7. Aus m-Jodanilin [5]. | Schm. 127°, Sdp. 285°. Aus Benzol, Jod und Jodsäure [6], aus p-Jodanilin. |
| $C_6H_4\left\{\begin{smallmatrix}J\\OH\end{smallmatrix}\right.$ | Schm. 43°. Aus o-Amidophenol, aus Phenol, Jod und Jodsäure, aus Jodparanitrophenol durch Vertretung von $NO_2$ durch H. Giebt durch Kalischmelze Brenzcatechin [2]. | Fest. Aus m-Jodanilin, aus Phenol, Jod und Hg O. Giebt durch Kalischmelze Resorcin [2]. | Schm. 91° [1]. Aus p-Jodanilin [3], aus Phenol u. Jod, Jodsäure und Kali [2], aus p-Amidophenol [4], durch Kalischmelze Hydrochinon [2] oder Resorcin [4]. |
| $C_6H_4\left\{\begin{smallmatrix}J\\NO_2\end{smallmatrix}\right.$ | Schm. 49°. Aus o-Nitranilin und aus Jodbenzol beim Nitriren [5]. | Schm. 36°, Sdp. etwa 280°. Aus m-Nitranilin [7]. | Schm. 171·4°. Aus p-Nitranilin [5], auch aus Jodbenzol u. $HNO_3$ [6]. |
| $C_6H_4\left\{\begin{smallmatrix}J\\NH_2\end{smallmatrix}\right.$ | — | Schm. 25°. Aus m-Nitranilin, Krystallisirt in Tafeln [7]. | Schm. 60°. Aus Anilin, u. Jod [8] u. aus p-Jodnitrobenzol [7]. |
| $C_6H_4\left\{\begin{smallmatrix}J\\SO_3H\end{smallmatrix}\right.$ | Wenig bekannt. | ? Aus Jodbenzol u. $H_2SO_4$. Krystallisirt, giebt durch Kalischmelze Resorcin [9]. | — |
| $C_6H_4\left\{\begin{smallmatrix}OH\\OH\end{smallmatrix}\right.$ | ?Brenzcatechin. Schm. 102°, Sdp. 240—245° [10]. Entsteht aus o-Chlorphenol [11] und aus o-Jodphenol [2] beim Schmelzen mit Kali. Entsteht durch trockene Destill. von Protocatechusäure [13] (1, 3 — 4. Dioxybenzoësäure [14]. Entsteht durch Schmelzen von Orthophenolsulfosäure mit Kali [15] | ?Resorcin, Schm. 99°, (Schm. 104) [31], Sdp. 271° [16]. Entsteht aus m-Jodphenol und schmelzendem Kali [17], auch aus m-Bromphenol in derselben Weise [20]. | Hydrochinon, Schm. 169° [18]. Entsteht aus p-Nitrophenol durch Verwandlung in Nitroanisol, Amidoanisol, Diazoanisol u. Zersetzung des letzteren durch Kochen mit Wasser [19]. Durch Oxyd. von p-Diamidobenzol [21] u. p-Amidophenol [22] entsteht Chinon. |

| | | | |
|---|---|---|---|
| $C_6H_4\begin{cases}OH \\ NO_2\end{cases}$ | Schm. 45°[23]), Sdp. 214°[24]). Aus Phenol u. $HNO_3$[23]). Der Methyläther liefert durch $NH_3$ o-Nitranilin[25]). Entsteht aus o-Bromnitrobenzol durch KOH[26]). | Schm. 96°. Aus m-Dinitrobenzol u. m-Nitranilin[27]). | Schm. 114°. Aus Phenol und $HNO_3$[23]) u. [24]). Der Methyläther liefert durch $NH_3$ p-Nitranilin[25]). Aus Letzterem durch Kochen mit NaOH[28]). Auch aus p-Bromnitrobenzol durch NaOH[29]). Lässt sich in Anissäure verwandeln[32]). |
| $C_6H_4\begin{cases}OH \\ NH_2\end{cases}$ | Schm. 170°. Aus o-Nitrophenol[30]). | — | Schm. 170°. Aus p-Nitrophenol[25]) und[30]). |
| $C_6H_4\begin{cases}OH \\ SO_3H\end{cases}$ | Sogen. Phenolmetasulfosäure. Aus Phenol und $H_2SO_4$, durch Kalischmelze Brenzcatechin[33]). | — | Aus Phenol und $H_2SO_4$[33]). Durch $PCl_5$ entsteht p-Bichlorbenzol[34]). Bei der Oxydat. der Aether entsteht Chinon[35]). |


[1]) Nölting, Inaugural-Dissert. Zürich, 1875. — [2]) Körner, Ann. d. Chem. u. Pharm. 137, 211. — [3]) Griess, Jahresber. 1865, 524. — [4]) Nölting u. Wrzesinski, Ber. d. chem. Ges. 8, 820. — [5]) Körner, Gaz. chim. 1874, 305. — [6]) Kekulé, Ann. d. Chem. 137, 168. — [7]) Griess, Phil. Trans. 154, 695. — [8]) Hofmann, Ann. d. Chem. u. Pharm. 67, 61. — [9]) Körner und Paterno, Gaz. chim. Ital. 1872, 448. — [10]) Fittig u. Remsen, Ann. d. Chem. u. Pharm. 159, 143. — [11]) Faust, Ber. d. chem. Ges. 6, 132. — [12]) Körner, Ann. d. Chem. u. Pharm. 137, 211. — [13]) Strecker, ebend. 118, 280. — [14]) Barth, Ber. d. chem. Ges. 4, 633. — [15]) Kekulé, Ztschrift. f. Chem. 1867, 643. — [16]) Hlasiwetz u. Barth, Ann. d. Chem. u. Pharm. 130, 354. — [17]) Körner, Zeitschr. f. Chem. 1866, 662. — [18]) Hlasiwetz, Ber. d. chem. Ges. 8, 684. — [19]) Salkowsky, ebend. 7, 1009. — [20]) Wurster u. Nölting, ebend. 7, 904. — [21]) Hofmann, Jahresber. 1863, 415. — [22]) Körner, Bull. de l'acad. belg. [2] 24, 166. — [23]) Fritzsche, Ann. d. Chem. 110, 150. — [24]) Hofmann, ebend. 103, 349. — [25]) Salkowsky, Ber. d. chem. Ges. 6, 139. — [26]) Walker u. Zincke, ebend. 5, 114. — [27]) Fittig u. Bantlin, Berl. Ber. 7, 179. — [28]) P. Wagner, Berl. Ber. 7, 76. — [29]) Richter, ebend. 4, 460. — [30]) Schmidt u. Cook, vergl. Kekulé's Lehrbuch III, 62. — [31]) Oppenheim u. Vogt, Bull. soc. chim. [2] X, 221. Nach eigenen Versuchen liegt der Schmelzpunkt bei 108°. — [32]) Salkowsky, Berl. Ber. 7, 45. — [33]) Kekulé's Lehrbuch III, 231. — [34]) Kekulé u. Barbaglia, Berl. Ber. 1872, 875. — [35]) Schrader, ebend. 1875, 759.

| | Ortho. | Meta. | Para. |
|---|---|---|---|
| $C_6H_4\begin{cases}NO_2\\NO_2\end{cases}$ | Schm. 117·9⁰. Aus Benzol und $HNO_3$. Liefert durch Red. o-Phenylendiamin [1] [2]. | Schm. 92⁰. Aus Benzol u. $HNO_3$ [3]. Durch Red. m-Phenylendiamin [4]. | Schm. 171—172⁰. Aus Benzol und $HNO_3$. Durch Red. p-Phenylendiamin [1] [2]. |
| $C_6H_4\begin{cases}NO_2\\NH_2\end{cases}$ | Schm. 71—72⁰. Aus o-Dinitrobenzol [1] [2], aus o-Bromnitrobenzol u. $NH_3$ [5]. | Schm. 110⁰. Aus m-Dinitrobenzol [6]. | Schm. 146⁰ [5]. Aus Aniliden und $HNO_3$ [7]. Aus p-Bromnitrobenzol u. $NH_3$ [5]. Aus p-Dinitrobenzol [1] [2]. |
| $C_6H_4\begin{cases}NO_2\\SO_3H\end{cases}$ | Schm. des Amids 186⁰. Aus $C_6H_5NO_2$ und $H_2S_2O_7$ auch aus $C_6H_5SO_3H$ und $HNO_3$ [8]. | Schm. d. Amids 161⁰. Wie Orthosäure entstehend [8]. | Schm. d. Amids 131⁰. Wie Orthosäure entstehend [8]. |
| $C_6H_4\begin{cases}NH_2\\NH_2\end{cases}$ | Schm. 99⁰ [12]. | Schm. 63⁰ [13]), Sdp. 287⁰ [14]. | Schm. 140⁰ [14]), Sdp. 267⁰ [14]. |
| $C_6H_4\begin{cases}NH_2\\SO_3H\end{cases}$ | Kryst. in Rhomboëdern [8]. Aus o-Nitrobenzolsulfosäure [8]. | Kryst. in feinen Nadeln. Aus m-Nitrobenzolsulfosäure [8]. Die daraus gewonnene Bromsulfobenzolsäure liefert ein bei 147⁰ bis 148⁰ schmelz. $C_6H_4(CN)_2$, das in Isophtalsäure übergeführt wurde [8]. | Kryst. in rhomb. Tafeln [11]. Identisch mit Sulfanilsäure. Aus Anilin [9]) oder Aniliden [10]) u. $H_2SO_4$. Aus p-Nitrobenzolsulfosäure [8]. Die daraus gewonnene p-Bromsulfobenzolsäure liefert ein bei 215⁰ schmelz. $C_6H_4(CN)_2$, das in Terephtalsäure verwandelt wurde [8]. Durch Oxydation entsteht Chinon [37]. |
| $C_6H_4\begin{cases}SO_3H\\SO_3H\end{cases}$ | — | Aus Benzolsulfosäure u. rauchender $H_2SO_4$. Liefert durch Dest. mit KCN das bei 160⁰ schmelzende Nitril der Isophtalsäure [15]. | Aus Benzolsulfosäure u. rauchender $H_2SO_4$ [17]. Liefert durch Destill. mit KCN das bei 220⁰ schmelzende Nitril der Terephtalsäure [15] [16]. |

| | | | |
|---|---|---|---|
| $C_6H_4\begin{cases}Cl\\CH_3\end{cases}$ | Flüssig. Sdp. 157[0]. Aus Orthotoluidin [18]). Durch Oxydat. verbrannt [18]). | Flüssig. Sdp. 156[0]. Aus Acetparatoluidin u. Chlor. Durch Oxyd. m-Chlorbenzoësäure [19]). | Schm. 6·5[0], Sdp. 160·5[0] [20]). Aus Toluol u. Chlor [21]). Aus p-Toluidin [20]). Giebt durch Oxyd p-Chlorbenzoësäure [22]). |
| $C_6H_4\begin{cases}Br\\CH_3\end{cases}$ | Sdp. 181[0] [23]). Aus Toluol u. Brom [24]). Durch Na und $JCH_3$ Orthoxylol, woraus durch Oxyd. Orthotoluylsäure [25]). Entsteht auch aus Orthotoluidin [26]). | Sdp. 182[0]. Aus Acetparatoluidin od. Acetorthotoluidin u. Brom etc. Durch Oxydat. m-Brombenzoësäure [26]). | Schm. 28·5[0] [24]), Sdp. 185·2[0] [27]). Aus Toluol und Brom. Durch Oxyd. p-Brombenzoësäure [24]). Durch Na u. $CH_3J$ p-Xylol, woraus Terephtalsäure durch Oxydation [28]). |
| $C_6H_4\begin{cases}J\\CH_3\end{cases}$ | Sdp. 205[0]. Aus Orthotoluidin. Durch Oxyd. o-Jodbenzoësäure [29]). | Sdp. 204[0]. Aus m-Toluidin [30]). | Schm. 35[0], Sdp. 211·5[0]. Aus p-Toluidin. Durch Oxyd. p-Jodbenzoësäure [31]). |

[1]) Körner, Gaz. chim. t. IV. — [2]) Zincke u. Rinne, Berl. Ber. 7, 869 u. 1372. — [3]) Deville, Journ. f. prakt. Chem. 25, 353. — [4]) Hofmann, Jahresber. 1861, 512. — [5]) Zincke u. Walker, Berl. Ber. 1872, 114. — [6]) Hofmann u. Muspratt, Ann. d. Chem. u. Pharm. 57, 210. — [7]) Arppe, ebend. 90, 140; 93, 357. — [8]) Limpricht, Berl. Ber. 1875, 431, 454, 1065. — [9]) Buckton u. Hofmann, Ann. d. Chem. u. Pharm. 100, 163. — [10]) Gerhardt, Journ. f. prakt. Chem. 38, 348. — [11]) Schmitt, Ann. d. Chem. u. Pharm. 120, 132. — [12]) Griess, Journ. f. prakt. Chem. III, 143. — [13]) Hofmann, Jahresber. 1861, 512. — [14]) Hofmann, ebend. 1863, 421. — [15]) Barth u. Senhöfer, Ber. d. chem. Ges. 8, 754 u. 1478. — [16]) Garrick, Ztschrift f. Chem. 1869, 550. — [17]) Buckton u. Hofmann, Ann. d. Chem. u. Pharm. 100, 157. — [18]) Beilstein u. Kuhlberg, ebend. 156, 79. — [19]) Wroblewsky, ebend. 168, 200. — [20]) Hübner u. Majert, Berl. Ber. 6, 794. — [21]) Deville, Ann. d. Chem. u. Pharm. 44, 307. — [22]) Beilstein u. Geitner, ebend. 139, 331. — [23]) Louguinine, Berl. Ber. 4, 517. — [24]) Hübner u. Wallach, Ann. d. Chem. u. Pharm. 154, 293. — [25]) Hübner u. Jannasch, ebend. 170, 117. — [26]) Wroblewsky, ebend. 168, 155. — [27]) Hübner u. Post, ebend. 169, 6. — [28]) Glinzer u. Fittig, ebend. 136, 303. — [29]) Kekulé, Berl. Ber. 7, 1006. — [30]) Beilstein u. Kuhlberg, ebend. 158, 349. — [31]) Körner, Ztschrft. f. Chem. 1868, 326. — [32]) Engelhardt u. Latschinoff, ebend. 1869, 621. — [33]) Barth, Ann. d. Chem. u. Pharm. 154, 360. — [34]) Städeler, ebend. 77, 17. — [35]) Williamson u. Fairlie, ebend. 92, 319. — [36]) Duclos, ebend. 109, 135. — [37]) Schrader, Berl. Ber. 1875, 759.

| | Ortho. | Meta. | Para. |
|---|---|---|---|
| $C_6H_4\begin{cases} OH \\ CH_3 \end{cases}$ | Schm. 31[0], Sdp. 185—186[0]. Aus o-Toluidin [38]). | Flüssig. Sdp. 195—200[0]. Aus Thymol u. $P_2O_5$ [39]). Durch Kalischm. Oxybenzoësäure [40]). Der Methyläther aus Bromphenolmethyläther, Na u. $JCH_3$, liefert durch Oxyd. Methyloxybenzoësäure [41]). | Schm. 35·5[0], Sdp. 200[0] [41]). Aus p-Toluidin [41]). Im Kuhharn [42]), im Steinkohlentheer [43]), im Buchenholztheer [44]). Durch Kalischmelze Paraoxybenzoësäure [40]). Der Methyläther giebt bei Oxyd. Anissäure [41]). |
| $C_6H_4\begin{cases} NO_2 \\ CH_3 \end{cases}$ | Sdp. 222—223[0]. Aus Toluol und $HNO_3$. Aus Dinitrotoluol, durch Verwandlung in Nitrotoluidin (Schm. 77·5[0]) etc. [1]). | Sdp. 230[0]. Aus Nitro p-Acettoluid [1]) und Nitro o-Acettoluid [2]). Durch Oxydation m-Nitrobenzoësäure. | Schm. 54[0] [3]), Sdp. 236[0] [1]). Aus Toluol und $HNO_3$ [4]). Durch Oxyd. p-Nitrobenzoësäure [5]). |
| $C_6H_4\begin{cases} NH_2 \\ CH_3 \end{cases}$ | Flüssig. Sdp. 197[0] [6]). Identisch m. Pseudotoluidin [7]). Durch Red. von o-Nitrotoluol [6]). | Flüssig. Sdp. 197[0]. Durch Red. von m-Nitrotoluol [6]). | Schm. 45[0], Sdp. 198[0] [8]). Aus p-Nitrotoluol durch Red. [5]). |
| $C_6H_4\begin{cases} SO_3H \\ CH_3 \end{cases}$ | Schm. des Amids 153[0] [9]). Aus Toluol u. $H_2SO_4$ [10]). Aus p-Bromtoluolsulfosäure [11]). Durch Schmelzen mit Kali o-Kressol [10]) und Salicylsäure [12]). | Schm. des Amids 91[0]. Durch Entbromung der o-Bromtoluolsulfosäure [13]). | Schm. des Amids 137[0] [9]). Aus Toluol und $H_2SO_4$ [4]). Durch Schmelzen mit Kali p-Cressol [10]) und Paraoxybenzoësäure [14]). |
| $C_6H_4\begin{cases} CH_3 \\ CH_3 \end{cases}$ | Flüssig. Sdp. 140—141[0] [15]), 141 bis 143[0] [16]). Aus p-Xylilsäure durch Dest. mit $KHO$ [15]). Aus o-Bromtoluol, Na und $JCH_3$ [16]). Durch Oxyd. o-Toluylsäure [15]). | Flüssig. Sdp. 138—139[0]. Durch Dest. der Mesitylensäure [17]). Im Steinkohlentheer enthalten [18]). Durch Oxyd. Isophtalsäure [17]). | Schm. 15[0], Sdp. 136[0]. Aus p-Bromtoluol u. Na u. $JCH_3$ [19]). Aus p-Bibrombenzol, Na und $JCH_3$ [20]). Durch Oxyd. p-Toluylsäure [21]) u. Terephtalsäure [22]). |

| | | | |
|---|---|---|---|
| $C_6H_4\begin{cases}CH_3\\CO_2H\end{cases}$ | Schm. 102[0]. Aus o-Xylol [15]). Aus Orthotoluidin durch Verwandlung in Isocyanür etc. [23]), aus Orthotoluylsenföl [24]), aus o-Toluolsulfosäure [25]), durch Oxydation Phtalsäure [26]). | Schm. 105[0]. Aus Uvitinsäure und Kalk durch Dest. [27]). Durch Oxyd. Isophtalsäure [28]). | Schm. 176—177[0]. Durch Oxyd. von p-Xylol [21]). Aus p-Tolylsenföl [24]). |
| $C_6H_4\begin{cases}CO_2H\\CO_2H\end{cases}$ | Phtalsäure. Schm. 180[0] [29]), 213[0] [30]). Durch Oxyd. von Naphtalin und Derivaten [31]), von Alizarin [32]), von o-Toluylsäure [33]). | Isophtalsäure. Schm. über 300[0]. Durch Oxyd. v. m-Xylol [34]). Aus sulfobenzoësaurem Kali u. ameisensaurem Natron beim Schmelzen [35]). | Terephtalsäure. Sublimirt ohne Schmelzung. In heissem Wasser ganz unlöslich. Durch Oxyd. von Terpentinöl [36]). Durch Oxyd. von p-Xylol [37]). |

[1]) Beilstein u. Kuhlberg, Ann. d. Chem. u. Pharm. 155, 1. — [2]) Beilstein u. Kuhlberg, ebend. 158, 346. — [3]) Jaworsky, Ztschrft. f. Chem. 1865, 222. — [4]) Deville, ebend. 44, 306. — [5]) Kekulé, Ztschrft. f. Chem. 1867, 225. — [6]) Beilstein u. Kuhlberg, Ann. d. Chem. u. Pharm. 156, 66. — [7]) Rosenstiehl, Bull. soc. chim. 10, 192. — [8]) Muspratt u. Hofmann, Ann. d. Chem. 54, 1. — [9]) A. Wolkow, Ztschrft. f. Chem. 1870, 321. — [10]) Engelhardt u. Latschinoff, ebend. 1869, 615. — [11]) Terry, Ann. d. Chem. u. Pharm. 169, 27. — [12]) Barth, ebend. 152, 91. — [13]) Müller, ebend. 169, 47. — [14]) Barth, ebend. 154, 356. — [15]) Fittig u. Bieber, ebend. 156, 231. — [16]) Jannasch u. Hübner, ebend. 170, 120. — [17]) Fittig u. Velguth, ebend. 148, 1. — [18]) Fittig, ebend. 153, 265. — [19]) Jannasch, Ztschrft. f. Chem. 1871, 117. — [20]) V. Meyer, Ann. d. Chem. u. Pharm. 156, 282. — [21]) Yssel de Schepper, ebend. 137, 301. — [22]) Beilstein, ebend. 133, 32. — [23]) Weith, Berl. Ber. 7, 722. — [24]) Weith, ebend. 6, 419. — [25]) Fittig u. Ramsay, Ann. d. Chem. u. Pharm. 168, 242. — [26]) Weith, Berl. Ber. 7, 1057. — [27]) Böttinger u. Ramsay, Ann. d. Chem. u. Pharm. 168, 253. — [28]) Ahrens, Ztschrft. f. Chem. 1869, 102. — [29]) Carius, Ann. d. Chem. u. Pharm. 148, 62. — [30]) Ador, ebend. 164, 230 Anmerk. — [31]) Laurent, ebend. 19, 38; 41, 98. — [32]) Strecker u. Wolf, ebend. 75, 12. — [33]) Weith, Berl. Ber. 7, 1057. — [34]) Fittig u. Velguth, Ann. d. Chem. u. Pharm. 148, 1. — [35]) V. Meyer, ebend. 156, 275. — [36]) Caillot, ebend. 64, 376. — [37]) Beilstein, ebend. 133, 32. — [38]) Kekulé, Berl. Ber. 7, 1006. — [39]) Engelhardt u. Latschinoff, Ztschrft. f. Chem. 1869, 621. — [40]) Barth, Ann. Chem. 154, 360. — [41]) Körner, Ztschrft. f. Chem. 1868, 326. — [42]) Städeler, Ann. Chem. Pharm. 77, 17. — [43]) Williamson u. Fairlie, ebend. 92, 319. — [44]) Duclos, ebend. 109, 135.

| | Ortho. | Meta. | Para. |
|---|---|---|---|
| $C_6H_4\begin{Bmatrix}Cl\\CO_2H\end{Bmatrix}$ | Chlorsalylsäure. Schm. 140° [1]), Schm. 137° [2]). Aus Salicylsäure und. PCl$_5$, nach Zersetzung mit Wasser [3]). | Schm. 153° [4]). Aus Sulfobenzoë-säure [5]). Aus m-Diazoamidoben-zoësäure [6]). Aus Benzoësäure [4]). Durch Oxyd. von m-Chlortoluol [7]). | Chlordracylsäure. Schm. 236°—237° [4]). Aus p-Amidobenzoës. [8]). Aus Paraoxybenzoësäure u. PCl$_5$, nach Zersetzung mit Wasser [9]) und durch Oxyd. von p-Chlor-toluol [10]). |
| $C_6H_4\begin{Bmatrix}Br\\CO_2H\end{Bmatrix}$ | Schm. 137·5° [20]), Schm. 147° [19]). Aus Anthranilsäure [11]). Aus m-Brom-nitrotoluol u. KCN etc. [11]). Durch Oxyd. von o-Bromtoluol [19]). | Schm. 155° [12]). Aus Benzoësäure u. Brom [13]). Aus benzoësaurem Sil-ber und Brom [14]), aus Diazoamido-benzoësäure [15]). Aus p-Bromnitro-toluol u. KCN [11]). Durch Oxyd. von m-Bromtoluol [16]). | Bromdracylsäure. Schm. 251°. Durch Oxyd. von p-Bromtoluol [17]), und durch Oxyd. von p-Brom-äthylbenzol [18]). |
| $C_6H_4\begin{Bmatrix}J\\CO_2H\end{Bmatrix}$ | Schm. 156—157°. Durch Oxyd. von o-Jodtoluol [20]). Aus Anthranil-säure [21]). Aus m-Jodnitrobenzol [22]). | Schm. 185° [21]), Schm. 187° [23]). Aus Diazoamidobenzoësäure [24]). Aus Benzoësäure u. Jodsäure [25]). | Joddracylsäure. Schm. über 250°, sublimirt vorher. Durch Oxyd. von p-Jodtoluol [26]). |
| $C_6H_4\begin{Bmatrix}NO_2\\CO_2H\end{Bmatrix}$ | Schm. 141°. Durch Oxyd. von o-Nitrozimmtsäure [27]). Aus Benzoë-säure und HNO$_3$ [28]). Durch Red. liefert sie Anthranilsäure [27]). | Schm. 141—142° [29]). Aus Benzoë-säure und Salpetersäure [30]). | Schm. 240° [31]), Schm. 238° [32]), Schm. 233° [33]) [34]). Durch Oxyd. von p-Nitrotoluol, aus Benzoësäure und Salpetersäure [33]) [34]). |
| $C_6H_4\begin{Bmatrix}NH_2\\CO_2H\end{Bmatrix}$ | Anthranilsäure. Schm. 144° bis 145° [35]). Aus o-Nitrobenzoës. [27]), aus Nitro m-Brombenzoësäuren [35]). Aus Indigo [36]) durch salpetrige Säure liefert sie Salicylsäure [37]). | Benzaminsäure. Schm. 173° [38]). Durch Red. von m-Nitrobenzoë-säure [39]). Durch salpetrige Säure entsteht Oxybenzoësäure [37]). | Amidodracylsäure. Schm. 186° bis 187° [40]). Durch Red. von p-Nitrobenzoësäure [31]). Durch sal-petrige Säure entsteht Paraoxy-benzoësäure [31]). |

| | | |
|---|---|---|
| $C_6H_4\begin{Bmatrix}OH\\CO_2H\end{Bmatrix}$ | Salicylsäure. Schm. 156⁰. Aus Anthranilsäure [37]). Aus Phenolnatrium und $CO_2$ [41]). | Oxybenzoësäure. Schm. 200⁰. Aus m-Amidobenzoësäure [37]). Aus m-Sulfobenzoësäure durch Kalischmelze [42]). | Paraoxybenzoësäure. Schmelzp. 210⁰ (unter Zersetzung). Aus p-Amidobenzoësäure [31]), aus Anissäure [43]). |
| $C_6H_4\begin{Bmatrix}SO_3H\\CO_2H\end{Bmatrix}$ | — | Benzoëschwefelsäure. Das K-salz kryst. monoklin [44]). Aus Benzoësäure und Schwefelsäure [45]). Durch Kalischmelze Oxybenzoësäure [42]) [44]). Durch Schmelzen m. ameisens. Kalium Isophtalsäure [46]). | Das K-salz kryst. in Nadeln. Aus Benzoësäure und Schwefelsäure. Durch Schmelzen mit Kali entsteht Paraoxybenzoës. [44]). Durch Schmelzen mit ameisens. Natron Terephtalsäure [47]). |

[1]) Kolbe u. Lautemann, Ann. d. Chem. u. Pharm. 115, 157. — [2]) Kekulé, ebend. 117, 157. — [3]) Chiozza, ebend. 83, 317. — [4]) Beilstein u. Schlun, ebend. 133, 239. — [5]) Limpricht u. Uslar, ebend. 102, 259. — [6]) Griess, ebend. 117, 14. — [7]) Wroblewsky, Ztschrft. f. Chem. [2] V, 460. — [8]) Beilstein u. Wilbrandt, Ann. d. Chem. u. Pharm. 128, 270. — [9]) Ladenburg u. Fitz, ebend. 141, 259. — [10]) Beilstein u. Geitner, ebend. 139, 331. — [11]) Richter, Berl. Ber. 4, 464. — [12]) Hübner, Ztschrft. f. Chem. 7, 563. — [13]) Herzog, Ann. d. Chem. u. Pharm. 55, 12. — [14]) Peligot, ebend. 28, 246. — [15]) Griess, Jahresber. 1865, 337. — [16]) Wroblewsky, Ann. d. Chem. u. Pharm. 168, 147. — [17]) Hübner, Ohly u. Philipp, ebend. 143, 230. — [18]) Fittig u. König, ebend. 144, 277. — [19]) Zincke, Berl. Ber. 7, 1503. — [20]) Kekulé, ebend. 7, 1006. — [21]) Griess, ebend. 4, 521. — [22]) Richter, ebend. 4, 553. — [23]) Hübner u. Kuntze, Ann. d. Chem. u. Pharm. 135, 106. — [24]) Griess, Jahresber. 1859, 466. — [25]) Peltzer, Ann. d. Chem. u. Pharm. 136, 194. — [26]) Körner, Ztschrft. f. Chem. [2], 4, 326. — [27]) Beilstein u. Kuhlberg, Berl. Ber. 5, 29 u. 329. — [28]) Griess, Liebig's Ann. 166, 129. — [29]) Naumann, Jahresber. 1865, 333. — [30]) Mulder, Jahresber. Berzelius 20, 288. — [31]) Fischer, Ann. d. Chem. u. Pharm. 127, 137. — [32]) Widnmann, Berl. Ber. 8, 392. — [33]) Griess, ebend. 8, 526. — [34]) Ladenburg, ebend. 8, 535. — [35]) Hübner u. Petermann, Ann. d. Chem. u. Pharm. 149, 129. — [36]) Fritzsche, Journ. f. prakt. Chem. 23, 76. — [37]) Gerland, Ann. d. Chem. u. Pharm. 86, 143. — [38]) Hübner u. Biedermann, Ztschrft. f. Chem. 4, 408. — [39]) Zinin, Journ. f. prakt. Chem. [1], 36, 103. — [40]) Beilstein u. Wilbrandt, Ann. d. Chem. u. Pharm. 128, 257. — [41]) Kolbe u. Lautemann, ebend. 115, 201 u. Kolbe, Journ. f. prakt. Chem. (2), 10, 89. — [42]) Barth, Ann. d. Chem. u. Pharm. 148, 30. — [43]) Saytzeff, ebend. 127, 129. — [44]) Remsen, Ztschrft. f. Chem. 1871, 199. — [45]) Mitscherlich, Pogg. Ann. 32, 227. — [46]) V. Meyer, Ann. d. Chem. u. Pharm. 156, 265. — [47]) Remsen, Berl. Ber. 5, 379.